A Summer Full of Love
Sevda Dolu Bir Yaz

Füruzan

English translations by Damian Croft

Milet Publishing Ltd

6 North End Parade
London W14 OSJ
England

Email orders@milet.com
Web site www.milet.com

A Summer Full of Love

First published in Great Britain in 2001 by
Milet Publishing Ltd
Copyright © Milet Publishing Ltd 2001

ISBN 1 84059 301 6

Published in co-operation with the
Haringey, Hackney and Islington Libraries
Turkish Community Readers Development Project,
which was funded by the DCMS / Wolfson
Public Libraries Challenge Fund

Printed and bound in Turkey by Remzi Kitabevi

9
The Park on the Quayside

37
The River

69
A Summer Full of Love

* * * * * * * * * *

8
İskele Parklarında

36
Nehir

68
Sevda Dolu Bir Yaz

Füruzan

Füruzan ilk kitabı Parasız Yatılı'yla 1972 Sait Faik Hikaye Ödülünü kazandı. İlk kitaplarında çöken burjuva ailelerinin, yoksulluk ve yalnızlıkla boğuşan kadın ve çocukların, yeni ortamlarda bulunan ve yurt özlemi çeken göçmenlerin dramlarına sevecenlikle yaklaştı. Kişileri derinlemesine inceledi ve anlatımını ayrıntılarla besledi. Benim Sinemalarım adlı eseri sinemaya uyarlandı. Film, 1990 yılında Cannes Film Festivali'nde ödül aldı ve 158 film arasında seçilen 8 filmden biri olarak gösterime girdi. Füruzan 1935 yılında İstanbul'da doğdu. Yapıtları, Almanca, Rusça, Hollandaca, İsveççe, Arapca ve Farsça'ya çevrildi.

Damian Croft

Damian Croft 1966 yılında İngiltere'nin Preston şehrinde doğdu. Yüksek öğrenimini müzik üzerine yaptı. İngilizce öğretmeni olarak Ankara'ya gidene kadar Londra'da caz müzisyeni olarak çalıştı. Damian Croft'un Türkiye'ye olan tutkusu öğretmenlik yaptığı bu dönemde gelişti. İngilizce öğretmenliğine 1994 yılında döndüğü Londra'da devam etti. Türk toplumunun yoğun olduğu Haringey ve Enfield bölgelerinde çalışmış olması, Damian Croft'a Londra'daki Türklerle yakın temas kurma imkanı sağladı. Damian Croft, öğretmenlik ve çevirmenik yapmadığı zamanlarda roman yazıyor. 1996 yılında, Londra öykü yarışması ve 2000 yılında İslam yazarları yarışmasında ödüller aldı. Croft şu anda yaşadığı Sicilya'da bir roman yazıyor ve Ferhat ile Şirin üzerinde çalışmalar yapıyor.

Füruzan

Füruzan is one of Turkey's most popular and critically acclaimed writers, most well known for her short stories. Her first book, *Parasız Yatılı* (1972), was awarded the Sait Faik Prize, Turkey's top prize for short stories, and her work has received numerous other awards. She is highly regarded for her sensitive characterizations, often of the poor and of women and children, and for her depictions of Turkish immigrants abroad. The film made from Füruzan's book, *Benim Sinemalarım*, was screened at the 1990 Cannes Film Festival. Füruzan was born in Istanbul in 1935. Her works have been translated into German, Russian, Dutch, Swedish, Arabic and Persian.

Damian Croft

Damian Croft was born in Preston, England in 1966. After a degree in music and several years working as a jazz musician in London, he went to work as an English teacher in Ankara, and it was there that he developed his lasting passion for Turkey. In 1994, he came back to London to work as an English teacher in Haringey and Enfield and developed close ties with the Turkish communities there. When not translating or teaching, Croft works as a writer of fiction. In 1996, he was one of the winners of the London short story competition, and in 2000 he was the overall winner of the Islamic writing competition. Croft now lives in Sicily where he is currently finishing a novel and researching a travel book on the Turkish legend of Ferhat and Şirin.

Guide to Turkish Pronunciation

Turkish letters which appear in the English text and which may be unfamiliar are shown below, with a guide to their correct pronunciation:

c   as *j* in 'just'
ç   as *ch* in 'child'
ğ   silent, but lengthens preceding vowel
ı   as *a* in 'along'
ö   as German *ö* in Köln, or French *oe* in 'oeuf'
ş   as *sh* in 'ship'
ü   as German *ü* in 'fünf', or French *u* in 'tu'

A Summer Full of Love
Sevda Dolu Bir Yaz

İskele Parklarında

Ağustos sonlarıydı, hava en koyu sıcağıyla dalga dalga titreşiyordu.

Çok sıcak, dedi kadın. Ama İstanbul'un sıcağına güvenilmez, bir bakarsın kışlayıverir. Ne derler, ağustosun on beşi yazsa, on beşi kış.

Kadının üstünde koyu şarap rengi bir etek ceket vardı. Geçmiş yılların modasına uygun dikilmişti.

Giyiminin o zamanların modasına olan uygunluğu genç kadını gülünçleştiriyordu.

Otuz yaşlarındaydı. Elindeki küçük bir bavulu andıran çantasının rengi, derinin kirinden belirsizleşmişti. Çantanın kapanma yerinde küçük bir yılan kafası vardı. Bu kafa, çantanın eskiden, kemik rengi beyaz olduğunu açıklıyordu. Nasıl olmuşsa çantanın gerçek yılan derisi olduğuna tanıklık eden o yılan kafası, yapma boncuk gözleriyle, ilk rengini yitirmemişti, belki biraz sarıya dönmüştü ama...

Bir de pastırma yazı olursa, taa kasım sonuna kadar... İstanbul bu, hiç belli olmaz.

The Park on the Quayside

It was in those last days of August when the air shimmered with heat.

"It's hot," said the woman. "But you can never trust the Istanbul weather. It can turn cold in a moment. As they say, if August is fifteen days summer, the other fifteen are winter."

She was wearing a dark-wine-coloured skirt and jacket of a style that had long gone out of fashion, and these made her look somewhat ridiculous.

She was in her thirties, and in her hand she carried a bag that looked more like a small suitcase, discoloured by years of dirt. Attached to the clasp, there was a small snake's head that suggested the bag had once been a light bone colour. That head, with its false glass eyes, was the proof that the bag was made from snakeskin. Somehow it had managed to keep its colour, or maybe had only yellowed a little with time.

"If we have an Indian summer it will go on till November... but then, this is Istanbul. One can never be sure..."

İskelede akşamüstü satıcıları belirmeye başlamıştı.

Simitçi, güneşten kurtulmak için girdiği akasya ağaçlarının dibinden, camlı tezgâhını sırtlayıp vapurun yolcularını karşılamaya hazırlandı. Su satan adam, bardaklarını çabuk çabuk ince pirinç musluğun suyuna tuttu. Bardaklar ıslanınca ışıdı. Temiz bir görünüş aldı. Şekercinin cıvıl cıvıl renklerle boyalı ucuz şekerleri sıcaktan gevşemişlerdi. İki ayakkabı boyacısı, yan yana, boyama işlemlerine tutkuyla devam ediyorlardı. Biri bir deniz erinin ayakkabılarını parlatıp duruyordu. Yenmiş, eğrilmiş ayakkabıları o denli parlatmıştı ki, derinin üstündeki eğrilikler dalga dalga, inişli çıkışlı belirmişti. Deniz eri, yüzünde unuttuğu gülümsemesiyle, saygılı öylece bekliyordu.

Bu ağustos cumartesisi de diğer yaz cumartesilerindendi.

İskelenin kişileri hep aynıydı aşağı yukarı.

Kadın, "Hep aynı insanlar," diye düşündü. "İzinli askerler. İhtiyar kadınlar. Küçük çocuklar. İhtiyar erkekler. Erkeklerin ihtiyarı kadına benziyor tıpkı. Kadınlar gibi küçük adımlar atarak yürüyorlar, alçak sesle konuşuyorlar. Durmadan bir şeyler kemiriyorlar."

The late afternoon street vendors started to appear on the quayside.

The simit*-seller had been sheltering beneath the acacia tree to avoid the sun, but now he heaved his glass-topped case of simit onto his back and moved to meet the passengers disembarking from the ferry. The water-seller hurriedly rinsed out his glasses beneath the brass tap of his portable vessel. Once wet, the glasses sparkled and looked clean. The sweet-seller's cheap, multicoloured sweets had melted in the sun. And two shoeshine boys, sitting side by side, were assiduously polishing away. One was polishing a sailor's shoes. He had polished the old worn-out pair of shoes so hard that the creases appeared in light and dark waves and hills. The sailor waited patiently with an absent-minded smile.

This August Saturday was just like any other summer Saturday.

And the people on the quayside were more or less the same.

"They're always the same people," the woman thought. "The soldiers on leave, the old women, the little children, the old men. When they're old, men are just like women. They walk with small steps like women and speak in low voices. And they're always nibbling something."

The grandchildren would go off to play saying they would return to eat later and the grandparents would

İhtiyarlar, torunlarının yemediği, oyuna dalıp gidince "sonra yeriz" diye bıraktıkları her şeyi yiyorlardı. Arada takma dişlerini yerinden oynatıp yiyecek kalıntılarını çıkarıyorlardı.

Belki iskeleye gelenler her gün aynı değildi. Ama, mutlu dalgınlıklarıyla, öylesine aynılaşmışlardı ki, onları sadece hava kararınca döndükleri yerlerinde ayırt edebilirlerdi. Daralmış omuzlarından artan, kayan giyimleri, kalınlaşmış derileri, bebeklerine yavaş yavaş mavi lekeler basmış gözleriyle, uyumlu bir kalabalıktılar.

Kadın, "Sabırlı oluyor ihtiyarlar," diye düşündü. "Şu sarı saçlı veledin deminden beri çekiştirdiğine bak, hiçbir şey yapmıyor. Gülümsüyor yalnız. Vursa tokadı suratına, görür kadıncağızın burnundan getirmeyi. Gelmiş şuraya, kemikleri ısınsın diye. Gücü kalmamıştır ki, onunla didişecek. Çocuklar için her şeyimizi feda ediyoruz. Değse bari. Benimki usludur. Biraz inatçı, ama o da çocuk."

Yanında sessizce oturan küçük kıza baktı.

Altı yedi yaşlarında çok zayıf bir kızdı. Ayağında lastik çizmeler vardı. Giysisi iyice kısa ve soluktu. Sıska bacaklarını örtmüyordu. Elleriyle dizlerini kapamıştı. Saçları kısa kesilmişti. Ensesindeki kemikler belirgindi. Koca-

eat up everything they'd left. And every so often they picked at their dentures to remove the crumbs.

Maybe they weren't the same people who returned every day to the quayside. But they all displayed the same carefree happiness that made them so indistinguishable from each other. Only when they had all gone home after dark might one have been able to tell them apart. They were a uniform crowd, with loose clothes hanging from narrow shoulders, coarse skins, and the blue cataracts gradually growing over their eyes.

"The old people are so patient," the woman thought. "Look at the one who that blond brat is pestering. She doesn't say anything. Just smiles. She ought to give him a slap in the face and then he wouldn't bother her. Poor woman came here to warm her bones in the sun. But she hasn't got the strength left to quarrel with him. We sacrifice everything for our children. If only it was worth our while. Mine is well behaved. A bit stubborn, but then she's still a child."

She looked towards the girl sitting silently beside her.

She was a thin child of six or seven and she wore plastic boots on her feet. Her dress was short and faded and didn't cover her thin, weak-looking legs. Her hands were clasped over her knees. Her hair was cut short and you could see the bones on the back of her neck sticking out. She had enormous dark eyes with long eyelashes and was staring at the water-seller, watching his actions.

man, koyu renkli uzun kirpikli gözlerini sucuya dikmişti. Sucunun yaptıklarını izliyordu. Olanlara karşı ilgili ve sevinçliydi. Dudakları aralıktı. Bu ona aptal bir anlam veriyordu. Çocuğun lastik çizmelerinden bir ter kokusu yayılıyordu.

İkisi de alışmıştı bu ter kokusuna. Bu koku evlerinden çıkıp buralara gelirken yürüyerek geçtikleri caddeler boyunca vardı. Çocuk ona kendince bir isim takmıştı. "Otomobil kokusu," diyordu. Otomobilleri çok severdi. Hiç binmemişlerdi. Anne kız. Belki annesi eskiden, ama çocuk bunu bilmiyordu. Sıcaklarda buraya yürüyerek gelmek en büyük eğlenceydi.

"Haydi hava alalım bugün," derdi kadın. Hemen devinme başlardı. Bir arka avluya bakan odalarından çıkarlardı. Annesi oda kapısını kilitlemeden aynaya bakardı. Bu aynayı, yemek yedikleri masaya dayamışlardı. Odayı kiralayan Ermeni kadın, "Hiçbir yana çivi çakmayasınız ha!.." demişti. Oda kapısını kilitleyip uzun demir anahtarı annesi yılan derisi çantasına yerleştirince merdivenleri inerlerdi. Gün ortasında bile aydınlık olmazdı merdivenler. Ama onlar alışmışlardı. Bildik basamakları inip sokak kapısını açarlardı.

Aydınlık, gürültü, insanlar, alıverirdi onları. Kadın, yürümeye hazır, şöyle her yanı gözden geçirirdi. Çocuk, annesinin eline elini verip las-

She took an interest in what was going on around her and looked cheerful. Her mouth was open, which made her look slightly stupid, and a smell of sweat drifted up from her boots.

Both of them though were used to this smell. It had accompanied them ever since they had left the house, walking along the streets to get here. The girl had even given it a name: "The car smell". She loved cars. They'd never been in one together. Maybe her mother had once been in a car, but the child didn't know about this. In the heat, the best fun of all was to walk here to the quayside.

"Come on, let's get some fresh air," the mother would say. And they got themselves ready and left their room that backed onto a small courtyard. The mother looked at herself in the mirror before locking the door. They'd propped this mirror up against the dining table because the Armenian woman who rented them this room had forbidden them to knock nails into the walls. The mother locked the door with a long iron key which she placed in her bag and they went down the stairs. Not even in the middle of the day did any light reach this staircase. But by now they were used to it and knew the steps by heart. They went down the familiar steps and opened the door onto the street.

Instantly they were caught up in the light, the noise, the people. The woman looked around her. The child gave her hand to her mother and marched off happily, tik çizmelerinin tabanındaki rutubette kayan adımlarını sevinçle atardı. Kadın için de, çocuk için de, yaşama başlardı. Yürürken arada çocuk, kadına bakardı. Onu çok beğenirdi. Kadın alışık bakışlarla dükkânları, araçları, insanları izlerdi. "Bak anne," derdi. "Gördün mü şu subayı, minicik bir kılıcı vardı." Ama kadın çoğunlukla, çocuğun görmesi için uyardığı şeyleri görmemiş olurdu.

Yürü haydi!.. Yürü. Geç kalacağız.

Nereye, niçin geç kalacaklarını bulup çıkaramamıştı. Onları kimse beklemezdi.

Gidip otururlardı iskeledeki yerlerine. Belki orada yeteri kadar oturmaları gerekliydi. Annesi geç kalmamalarını istiyordu. Kış sonundan bu yana "hava almak, gezmek" iskeleye inmekti.

Vapur yanaşmıştı. Arka bölümden köpükler fırdolayı yayılıp duruyordu denize.

Bu köpükler nereden çıkıyor anne?

Kadın, çocuğa bakışlarını çevirdi, gözlerinin çevresinde ilk ince çizgiler yer etmişti.

— Gemiciler çamaşır yıkayıp suyunu döküyorlar...

Çocuk şaştı. Her gelen vapurun ardındaki, bu apak, bitmez köpüklerin gemicilerini düşündü.

her feet sliding around inside the damp wellingtons. For the woman and child, this was where life began. Every so often, as they walked, the child would look up to the woman. She loved her. The shops, the trucks, the people were all familiar to the woman. "Look, Mummy," the child would say, "Did you see that officer? He had a little sword." But most of the time, the woman didn't see the things the child pointed out.

"Come on, hurry up! Walk! We're going to be late."

Though why and what they were late for, the child never knew. There was no one waiting for them.

They would go and sit in their usual place on the quayside. Maybe the mother had wanted to hurry so they had long enough to sit there. Once the winter had subsided, fresh air and a stroll would mean coming down here to the quayside...

A ferry had docked at the quayside, froth whirling into the sea from under its stern.

"Where's all that froth coming from, Mummy?"

The woman looked at the child. The first trace of wrinkles showed around her eyes.

"The sailors are doing their washing and are throwing out the dirty water..."

The child was puzzled. And she thought of the sailors, who with every passing ship left a trail of white foam in

Ne kadar çok çamaşırları olmalıydı onların. Sevindi köpüklere.

Simitçi, en beğendiği simidi özenle parmak ucuyla tutarak kadına verdi. Yaşlı kadın, kara çantasının dibinden bir bozuk para yığını avuçladı, arasından gerekeni seçti. Bütün bunlar kadını çok yormuştu. Derin bir soluk aldı. Ötede, kum havuzunda, kovasını durmadan doldurup boşaltan torununa seslendi.

Sitare!.. Çocuğum, gel bak, simit aldım sana. Seversin...

Çocuk, ninesine şöyle bir baktı, gene işine koyuldu. Yaşlı kadın dönüp,

Ne yaparsınız, dedi. Torun çok seviliyor. Söylerlerdi de inanmazdım.

Ya... Haklısınız, dedi kadın.

Bu yanıtlama yaşlı kadını sevindirdi. Kadının çantasına ilgiyle bakarak:

Bir cumartesileri var onların da. Yani kızımla damadım bankada çalışır. Yani bankacı. Üç yıl oldu kızımla evleneli. Küçük evlendi. Eh, bu zamanda kocanın iyisi az... Ben de onlarla oturuyorum. Cumartesileri yıkanıp paklanıp şöyle hava almaya çıksınlar diye Sitare'yi alıp gezdiriyorum. Bu da babasına bir düşkün ki, görseniz. Başta erkek istiyordu Hayri. Hayri

their wake. They must have had lots of washing to do. She rejoiced at the bubbles.

With the tips of his fingers, the simit-seller carefully handed his tastiest simit to an old woman and the old woman took out a pile of loose change from the depths of a black bag, held it in the palm of her hand, and selected the necessary coins. Such small exertion tired her out and she drew a deep breath, then called to her grandchild who was filling and emptying her bucket in the sand pit a little further off.

"Sitare!... My little one, come and look, I've bought you a simit. You like simit."

The child looked up at her grandmother and went back to playing. The old woman turned:

"What can you do? We give so much love to our grandchildren. They always used to tell me it, but I never used to believe them."

"You're right," said the woman.

The answer pleased the old woman. She was intrigued by the woman's bag.

"They only have Saturdays together. I mean, my daughter and my son-in-law, that is. My son-in-law works in a bank. He's a bank clerk. They've been married for three years. We made our daughter marry young. You know, it's so hard to find a good husband these days. I live with them too. On Saturdays, I take Sitare out so

damadımdır. Derler ya, kız çocuk doğunca, beni kırk gün atmasınlar, sonrasını ben bilirim, dermiş. Şimdi babası onu koyacak dallar bulamıyor. Bir cumartesileri var onların da. Yani genç ikisi de, gezsinler, yürüsünler.

Kadın, yılan derisi çantasını sıkıca kucağına bastırıp başını denize çevirdi.

"Bir cumartesileri var ha?" diye düşündü. "Benim her günüm var. Yıkansınlar, üç yıllık evliler. Ama önce yıkanılmaz. Evde yaşlı kadının dolaşmaları, küçük kızın vızıldanmaları kesilmişken, utanç duymadan yatak odalarını açabilirler. Üç senede iyice öğrenilmiş tutmalar, sarılmalar. Sıcak basar insana. Yazları daha da artar sıcak. Yıkanmak için sobası yakılmıştır hamamın. Hiç iz kalmaz mı biraz öncesinden? Etler yumuşamıştır ne de olsa. Sonra toparlanır. Bol sabunla ovulmaktan kızarmış derinin yanması. Bir yıl var yıkanmadım. Bu şimdiki evde. Ev mi orası? Tek oda. Boynumun kirli görünmesinden korkuyorum. Silinmekle yetiniyorum. Saçlarımı eğip leğene şöylece yıkıyorum. Hem bulaşık sabunuyla. Kötü kokuyor. Kalın ağır bir kokusu var. Arapsabunu belki çok daha iyi olur. Denemeli. Çocuğu hiç yıkamadım. Ne kadar zayıf! Sıska denir böylesine."

Kadın döndü. Yanında, gene ilgiyle sucunun gidip gelmelerini izleyen çocuğa baktı. Yanak they can have a wash, spruce themselves up and get some fresh air. You should see how she loves her father. At the beginning Hayri longed for a boy. Hayri? Ah, that's my son-in-law. You know the saying, when a daughter is born? She's supposed to say: If they don't throw me out in forty days, I'll end up ruling the roost. And now Hayri simply adores his daughter. But they only have Saturdays together. They're both young, they should go out and have fun."

The woman hugged her snakeskin bag to her chest and turned her head to the sea.

"Only Saturdays?" she thought. "I have to put up with it every day. Let them have a good wash. They've been married three years. As if a good wash is the first thing you do! Without that old woman shuffling about the house, and the kid buzzing around, they can open the bedroom door without feeling any shame. In three years they must have learnt how to give themselves to each other. The heat floods over you. And in the summer it's hotter. The bathroom stove is lit for the bath. But does it wash it all away? The flesh is so soft then. And then it becomes firmer. With lots of soap rubbed on them, they'll turn red and their skin will burn. I haven't had a good wash for a year. Ever since I've been in that house. If you could call it a house. It's only a room. I'm terrified the filth shows up on my neck. I have to make do with only a cloth wash. I dip my hair in a bowl and wash it. And with washing-up liquid too. It smells bad; a heavy, kemiklerindeki ince parlaklık, onu olduğundan daha küçük ve zayıf gösteriyordu. İskele önündeki kalabalık artmıştı. Gezmek için bu yana gelmiş olanlar, dönüşün kargaşalığı içindeydiler. Kadınlar, özenli, açık yazlık giyimleriyle, kalabalığı renklendiriyorlardı. Bilet gişesinin orada, kolunun biri dal parçaları gibi kıvrılıp bükülmüş, gözünün akları kırmızı dilenci, tüm gayretine karşın, kimsenin ilgisini çekemiyordu. Arada, sandviç satan büfenin oraya dek gidip acındırma gayretini yineliyordu. Oysa adamın durumu olağandı. Dilenmesi için içler acısı sakatlıkları olmalı dilencilerin diye düşünüyordu oradakiler.

Güneş denizin üstüne iniyordu. Çevreye yayılan kızıllık her şeyi güzelleştiriyordu. Denizde kayıp giden vapurlar, arkalarında dalgalanan bayraklarıyla, yazın son sıcaklarını neşeyle dolduruyordu.

Çocuk, sucuya duyduğu ilgisi hiç yitmeden annesine sordu:

Bu sucunun çok parası vardır, değil mi anne?

Nerden çıkardın bunu? Parası olsa suculuk yapmaz...

oily smell. Maybe olive oil soap would be better. I ought to try it. And I've never been able to wash the child. Look how thin she is. All skin and bones."

The woman turned. She looked at the child, who was still watching the water-seller walking up and down. There was a delicate glow to her cheeks that made her look even younger and thinner. The bustle was growing thicker on the quayside. The ones who'd strolled that way were now trying to fight their way back through the mêlée. The women were dressed up in light summer dresses which gave colour to the crowd. Over by the ticket booth was a beggar with bloodshot eyes and one of his arms twisted like the branch of a tree. However hard he tried to attract attention no one was taking any notice of him. Every so often he would rouse himself and go and beg from those standing round the sandwich stand, but they weren't to be moved by his plight. A beggar's deformities had to be heartbreaking for the people here to be moved.

The sun was sinking into the sea. Spreading its crimson light, it made everything more beautiful. The ships gliding across the sea with their flags fluttering behind filled those last days of summer with happiness.

Still not yet having lost interest in the water-seller, the child asked her mother:

"Has this water-seller got a lot of money, Mummy?"

Niçin, suculuk yapmak yoksulluk mudur? Hem onun su koyduğu şey, öyle sarı, öyle parlak ki...

Kadın çocuğuna karşı öfke duydu birden. Onun bu kadar şey dururken, her gelişlerinde sucuya gösterdiği bu aşırı ilgi onca çok aptalcaydı.

"Bu olmasa," diye düşündü, "ağaca çıksam pabucum yerde kalmazdı. Bir boğazın derdi ne olur ki? Artık otuz yaşındayım. Yaşlandım sayılır. Hem yedi yaşında çocuklu bir kadınla kim evlenmek ister yeniden? Zayıfım da. Tahta gibi göğüslerim var. Belki biraz yiyip içsem... Adam sen de, nerede koca... Zaten evlenmek istemiyorum aslında. Ama para yok, pul yok. Bazı şeytan diyor, at kendini denize, bitsin bu iş. Bak adama sen, öl git. Yapılacak iş mi bu? Hiç bizi düşünmedi. Bilmiyor mu, kimimiz kimsemiz yok. Çalıştığı yerden tutuşturdular iki aylığını elime, sattım gelinlik takımlarımı. Bir dolap bir karyola. Elimde kaldı üç beş kuruş daha. Gelinlik takımlarımı alırken Mahmutpaşa'dan, ne demişti adam; "Ablacığım bunlar eğrilmez, bükülmez takımlar. Buranın suyuna rutubetine bana mısın dememiş. Bakma sen kapakların çatırdamasına." Kocamla gülmüştük. Evin en pahalı eşyaları hep onlar oldu. Kocamı sevdim de kaçtım. Ne demişlerdi bana?

"Whatever made you think that? If he had money, he wouldn't be a water-seller..."

"Why? Does being a water-seller mean being poor? But look at the thing he puts his water in. It's so bright and shiny."

Suddenly the woman felt angry with the child. Of all things, she thought it so stupid to be interested in the water-seller each time they came here.

"If it wasn't for her," she thought, "I'd be free. Would it be hard to care only for one? I'm thirty years old. I'm getting old. And who would want to marry a woman with a seven-year-old child? I'm too thin. And flat-chested. Maybe if I ate and drank a bit more. But where are the husbands anyway? And to tell the truth, I don't want to get married again. But I don't have a penny. Sometimes the devil tempts me to hurl myself into the sea and finish with it all. Oh, why did that man have to die? He didn't give a damn about us. Didn't he know we didn't have anyone? They handed me his two months salary at the place where he used to work. But I had to sell my wedding furniture: a wardrobe and a bed. All I have left is a little cash. When I bought my wedding furniture from Mahmutpaşa, the salesman there told me, 'This wardrobe won't bend or warp. Look, these haven't warped even in all the dampness here. Don't take any notice of that creaking sound the door makes.' My husband and I laughed. They were the most expensive things in the house. I fell in love with my husband and ran away from

Etme kızım, bak yazlık sinemanın büfesini işleten Şadi Ağabey sana görücü gönderecek. Kalkma kendi başına işlere. Kalktım kendi başıma işlere. Kaçtım. Evlendim. Kocamı unuttum gibi. Düşündükçe pek bir şey çıkaramıyorum. İçimi bir kuruluk aldı. Geceleri yatağıma giren adamın sanki yüzü yoktu. Vardı canım olmasına, içim kurudu, üzüldüm üzüldüm, bitti. Hep o Ermeni madamın oda kirasını, hep yiyecek parasını düşünüyorum. Ama bazen da her şeye boş veriyorum, 'At kendini denize,' diyorum. Olsun bitsin. Adama bak. Git sen kaptır makinelere kendini. Ölüsünü bile patronları kaldırdı. Aaa, doğrusu Tanrı razı olsun iyi adamlar. Yanında çalışan arkadaşı gelip, 'Başın sağ olsun abla,' demişti. 'Kolunu kaptırdı enişte makineye. Aman ha, demeden etraftan, giriverdi makinenin içine, bir insanda da ne çok kan olurmuş. Üzme kendini üzme. Her şey öyle çabuk oldu bitti ki, acı duymadı. Al, bu da üstünden çıkanlar. Askerlikte çektirdiği Yozgatlı onbaşısıyla olan resmi, plastikten para cüzdanı, bir kâğıt beş lira, bozuk yetmiş beş kuruş, bir de yapış yapış mendil.' Bu çocuk olmasa; dünyanın farkında değil; eğleniyor. Yoksulluk onca yok. Su satan adamı zengin sandıktan sonra. Ama bizden iyidir sucunun durumu. Gece olsun hiç istemiyorum. Bununla nereye sığınırım. Üstüm başım da yok. On yıl öncesinin

home to marry him. What did they tell me? Don't do it, girl. Şadi Bey, who runs the snack stand at the outdoor cinema in summer, has taken in interest in you and is sending someone to find out what you're like. Don't do anything rash. But I did. I ran away and got married. But now it's as if I've forgotten my husband. Whenever I think about it, I can't see what the sense of it all was. I feel all dried up inside, as if the man I once shared my bed with didn't have a face. But of course he did. I'm all dried up inside. I've cried it off. And now all I can think about is how I can pay the rent to that Armenian woman and how I can afford to eat. But sometimes I don't even think about that either. I just think of throwing myself into the sea and ending it all. Oh! That man! How did he let himself get mangled by the machine? His bosses paid for the funeral. Thank God they were good people. His work-mates came and offered me their condolences. 'Your man had his arm caught in the machine. He didn't even have time to scream before he was pulled inside. How much blood a man has. But don't grieve. Everything finished quickly. He didn't feel any pain. Take these things they found on him: the photograph of him and the corporal from Yozgat taken on his military service, his plastic wallet, a five lira note, seventy-five lira in coins, and a used handkerchief.' If it wasn't for this child… She doesn't understand anything. She just enjoys herself as if there's no such thing as poverty. She even thought the water-seller was rich. Well, he's better off than we are. I don't want the night to come. Where can

27

nikâhlık elbisesi kaldı kala kala. Bir de bu
çanta. Nikahlık alışverişe çıktığımızda, çantacı
nasıl da sattı bize. 'İyi maldır alın,' demişti. 'Bir
zamanlar bunu ancak büyük madamlar kulla-
nabilirlerdi. Size bedavaya bırakıyorum, düğün
hediyesi.' Çok severim bu çantayı. Kim görse
diker gözünü bakar. Etek ceketimin kumaşı da
yer yer açılıyor. O zamanlar, ipek muare diye
ölürdük. Bu yıl herkes, büyük çiçekli ipekliler
giyiyor. Gece olsun hiç istemiyorum. Uyku yok,
durak yok. Bunun da okul zamanı geliyor. Neler
de gerek yazdırmak için okula."

Torunu Sitare'ye simit alan yaşlı kadın, onu
uzun süre çağırdıktan sonra yorulmuş olacak
ki, vazgeçti. Dönüp çevresinde olup biteni süz-
meye koyuldu. Gözleri genç kadına ilişince bir
iki konuşma davranışında bulundu.

Hanım kızım, sizin küçük simit yemez mi
acaba?

Yok, dedi genç kadın. "O kadar iştahsız ki...
Zaten evden gelirken doyurdum karnını."

Ben yemesem diyorum, bu simit de elimde
kaldı.

Yaşlı kadın, çocuğa, kadına iyice baktıktan
sonra, giyimlerindeki yoksulluğu ve uygunsuz-
luğu gördü. Simit kırıntılarını silker gibi yapıp
bir ötedeki boş yere geçti oturdu. Onların

I go with this child? I've got nothing to wear. Only my wedding outfit. And this handbag. When we were doing our wedding shopping, the man in the bag shop sold it to me saying it what good quality it was. 'Once upon a time, only high-class European women would have bags like this. I'll give it to you almost free. My wedding present.' I love this bag. Whoever sets eyes on it can't help staring at it. But this outfit is coming apart in several places. In those days we would give anything for moiré silk. This year everyone is wearing silk dresses with large flowery designs. I don't want the night to come. There's no sleep, no rest. Soon she'll have to go to school. How do I go about enrolling her?"

The old woman who had bought the simit for her grandchild Sitare had been calling her for so long that she had now given up. She started watching the things around her. Her eyes caught the younger woman and she tried to talk again.

"Your little girl wouldn't like a simit, would she?"

"No, thank you," said the young woman. "She hasn't got much appetite. I gave her something before we came out."

"I suppose I shouldn't eat it either. But I'm stuck with it."

The old woman studied the younger woman and the child and saw how their clothes were ragged and ill fitting. Pretending to brush off the crumbs from the simit, she sat down further away on an empty bench. She glanced at yönüne yeniden göz attı. Kalmakta ne denli haklı olduğunu kestirince oturduğu yerde gevşedi. Simidi ufak ufak koparıp yemeye başladı.

Çocuk gittikçe kararan akşamüstünde aynı kıpırtısızlığı sürdürüyordu.

Çevreye akasyalardan dökülen kuru yapraklar dolmuştu. Yeni sulanmış aslanağızlarının renkleri, güneşin dönen renklerine karışıyordu.

Genç kadın bir iki kıpırdadı. Geldiklerinden bu yana ilk kez çocuk, annesine baktı. Ama kadın yeniden eski durumunu aldı.

Biraz daha oturuyoruz, bekleyenimiz yok ya, dedi. Hem hava çok güzel. Bu yıl bir de pastırma yazı olursa, taa kasıma kadar.

Pastırma yazı ne demek anne?

İşte söz gelimi. Pastırma yazı demek, kış az olacak, yaz çok olacak demektir.

"Hiç büyümüyor bu çocuk. Büyümesi durdu bunun. Evin arkasındaki okula yazdırmalı. Bir önlük gerek. Gitmeli ablamlara, belki Mahinur'dan falan kalma önlük vardır. Onun kızları büyüdü. Kocamın ölümünde gitmiştim, ne densizlik. Ama o öldüğü gün her yan öd ağacı kokuyordu. Bir tavırla karşıladılardı. Kalıcı mı sandılardı ne? Akşam yemeği hazırlığındaydılar.

the woman and child again. Realizing she'd done the right thing, she relaxed into her seat. She broke the simit into small pieces and began to eat.

With the darkness drawing in, the child sat motionless.

Acacia leaves littered the ground around them. The colours of the newly-watered snapdragons merged with the turning colour of the sun.

The young woman moved slightly. For the first time since they had arrived here, the child looked at her mother. But the woman sat upright again.

"We can stay a bit longer. There's no one waiting for us," she said. "And the air is nice. I wonder if we'll have an Indian summer this year, that will go on till November."

"What's an Indian summer, Mummy?"

"It's just a saying. An Indian summer means the winter will be short and the summer will be long."

"This child never grows up. She's stopped growing. I should enrol her at the school behind our house. She needs a uniform. I should go and ask my elder sister, maybe she's got a hand-me-down from Mahindur. Her daughters are grown up now. I went to her place when my husband died. What a stupid thing to do. But the day he died, the air was filled with the scent of aloe wood. They received me strangely. Did they think I was going to stay forever? They were preparing supper. As

Mutfaktan geçerken bir tabak zeytinyağlı lahana dolması görmüştüm teldolapta. İncecik, zar gibi, ak lahana yapraklarına sarılmış. Yemek hazırlığını durdurdular ben gidince. Kalktım. Yeminler antlar verdilerdi. Yemeğe kal, diye. Kalmadım. Sanki artık, abla-kardeş değildik. Büfeci Şadi Ağabey'le evlen dedi ya, ben de evlenmedim. Tamam, onlar haklı oldular. Kocası trenlerde biletçi. İki kızı da evlere dikişe gidiyor. Ama işte kalmadımdı. Giderken, kapı aralığından on lira sıkıştırdı elime ablam. 'Vah benim canım kardeşim,' dedi. Keşke almasaydım parayı. O parayla, üzüntüsünü, ablalığını savdı. Yok gidemem onlara. Ama iş bulup çalışmak için bunu okula yazdırmalı. Nasıl? Büyümesi durdu bu çocuğun. Artık üzülmüyorum bu şeylere. Kocamı sevdiğimi bile unuttum. Peki, ben nasıl iş bulurum? Ne iş vardır ki bu şehirde? Kocam, daha on ay oldu öleli."

Hadi, dedi kızına. Çok karanlığa kalmayalım.

El ele tutuştular. Çiçek öbeklerinin kıyılarında, güz çimenleri göveriyordu.

Yürümeye başladılar.

Kadının genç ve düzgün sırtındaki giyiminin rengi gölgelerden karaya dönmüştü.

Çocuk lastik çizmelerinin içine çöken akşam serinliğini duyarak adımlarını atıyordu. İhtiyar-

I passed through the kitchen, I saw a plate of stuffed cabbages cooked in olive oil sitting in the cupboard. Delicately prepared, the dice-shaped morsels were wrapped round with white cabbage leaves. When I walked in they stopped preparing their meal. I got up to go. They begged me to stay for dinner. But I didn't. It was as if we weren't sisters any more. They had said I ought to marry Şadi Bey, the one who ran the café. But I didn't. OK, so she'd been proved right. Her husband is a ticket inspector on the trains. Their two daughters go from house to house doing people's sewing. But I couldn't have stayed. On my way out, through the gap in the door, my big sister pressed a ten-lira note into my hand saying, 'Here you are, sister'. Now I wish I had never taken that money. Giving me that money she kissed goodbye to her sorrow and her responsibilities as an elder sister. I can't go there any more. But I have to enrol the child at school so I can find a job. But how? The child has stopped growing. I'm not sad about anything anymore. I've even forgotten that I ever loved my husband. But how am I going to find a job? What jobs are there in this city? It's over ten months now since my husband died."

"Come on," she said to her daughter. "Let's not stay until dark."

They held hands. They walked by the flowerbeds bordered with the fresh autumn grass.

They began to walk.

lar yavaş yavaş evlere dönüşün hazırlığına başlamışlardı. Gece uykuları azalmıştı artık, karanlık sokaklarda yürüme çevikliklerini yitirmişlerdi. Daha geç kalamazlardı. Sucu, akşam serinliğinde, işlerin kesatlaştığını bildiğinden çoktan gitmişti.

Hava, ne de olsa serinliyordu gün batarken.

Genç kadının dediği gibi, ağustosun on beşi yazsa, on beşi de kıştı.

The colourful dress on the woman's young, straight back looked almost black in the shadows.

The child walked on, feeling the coolness descend into her boots. The old people had slowly started to return to their homes. They slept less now, they were less agile in the dark streets. They couldn't stay out any longer. Knowing that in the coolness he could no longer sell any more water, the water-seller had long ago packed up and gone home.

And the air was getting even cooler as the sun went down.

As the young woman had said: "If August is fifteen days summer, the other fifteen are winter."

*A ring-shaped bread roll often sold on the streets

Nehir

Ablasını çağırmışlardı, aşçı durması için ötegeçeden.

Bahardı, Güney'in duru portakal kokuları artardı durmadan.

Evin hanımefendisi İstanbul'da oturuyordu.

Yaramamıştı bu faytonları tıkır tıkır kentin iklimi, kısa kesik saçlı, dolgun bacaklı hanımefendiye. Eski valilerden birinin kızıydı, kocasından yaşça da büyüktü, ama içinin harı on beşinde tazede yokmuş diyorlardı. (Hanımefendi, deniz olmayan yere ben dayanamam, diyene dek.) Oysa köy evine mermer kurnalı bir hamam da yaptırmışlardı. Sonraları cins ötücü kuşlar da aldılar.

Kız mıydı hanımefendi acaba?

O yörede bekâretin gizli utancı en değerliydi. Hele o yıllarda. Soyluluğuna diyecek yoktu. Babası öyle alaydan yetişmelerden değildi. Alafranga adamdı. İki dil bilirdi: Farsça ve Fransızca. Lavta çalardı. Tüm yaşamınca, para-

The River

Some time before, her elder sister had been called to work as a cook in the Ağa's[1] household.

It was spring, and in the South the limpid smell of orange blossom had intensified.

The Ağa's wife, the mistress of the house, had gone to live in Istanbul.

She had had short hair and stout legs, and the climate of this city with its rattling horse-drawn carriages was no good for her health. She was the daughter of a former governor and older than her husband, the Ağa, though it was rumoured she was more passionate than any fifteen-year-old girl. (Until the time she said she couldn't bear to live in a place that wasn't near the sea.) They had had a marble bath made specially for this village house and had bought her specially-bred songbirds.

Was she a virgin when she had married the Ağa?

In those parts and especially in those days, a bride's virginity was of utmost importance. No one could dispute that she came from a noble family. Her father, Sıtkı, was no ordinary man. He was European in his tastes and spoke two foreign languages: Persian and French, and dan yana o denli savruk olmuştu ki, bu Güney kentine atandığında eldeki makam maaşıyla yalnızca. Babadan kalanlar, karısının ona sağladığı bolluk yılları geride kalmıştı.

Yaşlanmıştı karısı da. Donuk ak teni daha yağlanmıştı. Bir yerlere çıkmayıp konuk günlerinde ev dedikoduları dinlemekle yetiniyordu. Oysa Vali Bey burada da gençlik tutkuları içindeydi. Bir zamanların yakışıklı Sarı Sıtkı'sından kala kala 'gölgeli yeşil gözler' kalmıştı. Hem canım onun zamanında kayış gibi erkeklere yakışıklı mı denirdi... Hatta, Mühürdar'daki manolyalı konağın tek oğlu yüzüne pudra sürerdi. Sonraları adına Pudralı Tevfik dedilerdi. Ne olgun ve içli bir erkek güzeliydi.

Dairedeki kızlar şimdi yüzüne 'huri' görünüyordu.

Onun kadın beğenmesi ne güçtü eskiden.

Gençlik gitmişti, bunalımı her davranışından taşıyordu. Evdeki evlatlık kızın soğuktan dalga dalga kan oturan bacakları bile düşlerine giriyordu.

Yatak odalarını dokuz senedir ayırmışlardı karısıyla. Karısı okuduğu okulun Fransız rahibelerinden soğuk suyla yıkanmayı, erdemli, utangaç görünmeyi öğrenmişti. Sonra gözleri played the lute. But throughout his life, Sıtkı had been such a spendthrift that when he was posted to this town in the South, he had nothing else left but his governor's salary. His father's inheritance and the years of plenty provided by his wife had all been squandered away.

Sıtkı's wife too had aged. Her cold, pale skin had become greasy. They didn't bother going out anymore, and instead it was enough for her to stay at home and listen to the gossip her visitors brought to her tea parties. But the governor was still filled with the passions of youth, though all that was left of handsome, blond Sıtkı were his shadowy green eyes. Those were the days when tough men weren't considered handsome. At Mühürdar, the son of the family living in the mansion surrounded by magnolia trees would powder his face. And he became known as 'Powdered Tevfik'. He had a pale, introspective beauty.

The girls in his office were like houris to Sıtkı.

When he was young, it had been hard for women to please him.

But his youth had departed and, now, his depression was evident in his behaviour. He would dream of the servant girl in the house, her legs bruised from the cold.

For nine years now, he and his wife had separate bedrooms. At school, his wife had learned from the French nuns to wash in cold water and look virtuous and shy, but then in later years, she had acquired a look of

aptallığa varan bir saflıkla bakar oldular. Kanı kaç yaşlarında soğur olmuştu karısının bilemiyordu. Çapkınlıklarını titizce saklardı ondan. İncinsin istememişti hiç.

Yıllarla ilgisizliği öylesine somutlaştı ki, bir Batı Anadolu kentinin kırağıya dönüşmüş kışlarında, yatakta gene suskun, gene kendini bırakmış duran karısına sormuştu.

Sizi sevmiyor muyum sanıyorsunuz?

Yok, demişti karısı, tabii seversiniz. Karınızım.

Bildiği Fransızcadan nasıl yararlanmıştı karısı. Bir kez bile okurken görmemişti onu. Ailesinin gelenekleri bir yabancı dil bilmesini zorunlu kılmıştı.

Evlenirken de boylu poslu, iri siyah gözlü, varlıklı, gün görmüş bir ailenin kızı olmanın gerektirdiği her şeyle gelmişti ona. Tanıdıkları: "Vali beyin karısı Fransızcayı anadili gibi biliyormuş" diyorlardı. Oysa Türkçeyi bildiği su götürürdü. Ama o erdemli suskunluğu, ona bulunduğu her çevrede bir üstünlük sağlıyordu.

Bu suskunluğun aptallık huzuru olduğunu bilmek için o çevrenin insanı olmamak gerekirdi. İlk gece, bacaklarının yumuşak gerginliği, susması, hele o susması, ne coşturucuydu... Ne var ki, yıllar geçmişti. Yıllar. Büyük Mülkî

almost idiotic innocence. Nor could he say for sure quite when his wife had become frigid, though he had always been sure to keep his philandering a secret from her. He never wanted her to feel hurt.

The years of neglect for her were evident and in a western Anatolian town, where the winters turned to frost, he went to his wife who as usual was unkempt and silent in bed.

"Do you think I don't love you?" he asked.

"No, of course you love me," she had replied. "I'm your wife."

How did his wife make use of her French? He had never once seen her reading in it. It was in the tradition of her family that everyone should know at least one foreign language.

When they married, she had beautiful posture and huge dark eyes. She was well-to-do and had everything a girl from a sophisticated family ought to have. Those who knew her commented on how she spoke French as if it were her mother tongue, although it was questionable whether she knew Turkish. But in the circle of her acquaintances, it was above all her virtuous silence for which she was noted.

But you had to be out of this circle to understand that this 'virtuous silence' was actually an air of stupidity. On their first night together, with her legs slightly tensed, but still with that same silence, above all that silence, she

Erkân'dan olmanın bir koşuluydu, kanıtıydı karısı. Yani artık kadın değildi...

Bana bunu nasıl yaparsınız, baba?.. Bu taşra kentinde, bütün ömrümce sohbetlerini bile kabul edemeyeceğim insanlarla. Siz aynı durumu annemle yaşadığınızı söyleyeceksiniz belki. Ama aynı değil. O aile size denkti. Adı belli, İstanbullu bir aileden, paralı, görgülü bir kız aldınız. Bir vali kızı için bir ağa karısı olmak öyle mi?

Kızı annesine benzemiyordu gerçekten.

Karısının yoğun suskunluğu yoktu onda.

Yirmi sekiz yaşındaydı. Halasının yanında kalıyordu. O çağların yirmi sekiz yaşı adamakıllı korkulu ve umutsuzdu bir genç kız için.

Bir deniz mülazımı evveliyle nişanlanmıştı yirmi bir yaşındayken. Delikanlı Moda'daki genç kızların gözbebeğiydi. O bembeyaz elbiseleriyle martılar gibiydi. İki yıl nişanlı kalmışlardı. Heybeliada'da çam iğneleriyle dolu sırtlar, vapura buruşuk eteklerle binmenin utancı. İlk tangoların kolay duyarlığı.

Kızkardeşinden gelen mektupta nişanın bozulduğunu okuyunca karısı salondaki koltuğa yığılmıştı.

drove her husband to raptures… But the years had gone by. She only fulfilled the function of a senior civil servant's wife. Or, in other words, she was no longer a woman…

"How could you do this to me, Father?… In this provincial town, for the rest of my life, among people whose company I will never be able to accept. Doubtless you'll say that it was the same for you and my mother, but it's not. Her family was of the same class as yours. You married a wealthy, cultured girl from a prestigious Istanbul family. And now, are you going to make me, the daughter of a governor, marry some ağa?"

But the daughter was nothing like her mother.

She had nothing of her mother's impenetrable silence.

She was twenty-eight and was living with her aunt, her father's sister. And in those days, being twenty-eight and still unmarried was a hopeless position for a girl to be in.

When she was twenty-one, she had been engaged to a first lieutenant in the navy. In his white, seagull-like uniform he was the favourite of all the young girls in Moda[2]. They were engaged for two years, and they would shamefully board the ship returning from Heybeli Island with creased skirt and with pine needles stuck to their backs. The easy sensitivity of the first tangos.

They received a letter from the governor's sister to say that the engagement had been broken off, and the governor's wife collapsed into one of the armchairs in the sitting room.

Sizin o ablanız yok mu? O girdi kızımın kanına, demişti. İki yıl nişanlılıktan sonra ayrılmak ne demek, düşünsenize, inşallah bir şey olmamıştır. Ah!.. Bu kız hiç bana benzemiyor.

Kızını ilk o zaman çıplak düşünmüştü. Hiç göremeyeceği bu çıplaklık canını sıkmıştı.

Gönderdikleri nişan resimlerinde, adam kızını sıkıca tutuyordu.

Bir baba olarak, demişti karısı, çağırınız onu buraya!

Üç yıl daha dönmedi kızları onların yanına. Eski bir saraylı olan halasıyla, sofalı, çamlı, manolyalı evde kalmakta diretti. *"Her erkek aynıdır"* derdi halası. Akşamları, Lebon'un kuytu masalarında çaylar içip, potifurlar yiyordu. Kadıköy vapurunun lüks bölümünde, ipek çoraplarıyla otururken pırıl pırıldı. Kara bahttan yana yakınıyor, bir yandan da bir kısmet bekliyordu. O kısmet bir kez de yaşlı, paralı, bir eski hariciyeci olarak çıktığında, hayır demişti. Sonra yirmi sekiz yaşına geldi. O yılların yirmi sekiz yaşı...

Ağanın soyluluğu su götürmez, diyordu babası. Onlara Topakoğulları deniyor yörede. Demek ki, eskiden Topakzadeler'di bunlar.

"That elder sister of yours? She's the one who got my daughter into this. Just think what it is to break off an engagement after two years. Let's hope nothing really bad happened. Ah! That girl is nothing like me!"

That was the first time when the governor pictured his daughter naked. It was a nakedness he would never see and its image irritated him.

In the engagement photos they had sent, the man was holding the girl so tightly.

"As her father," his wife had said, "You should call her back here…"

Their daughter didn't return to them for another three years. She insisted on staying with her aunt who had come from the palace and now lived in a large house with pines and magnolias in the garden. "All men are the same," her aunt would say. In the evenings, they would sit at a table in a cosy nook at Lebon and drink tea and eat petit-fours. When she sat in her silk stockings in the first class compartment of the Kadıköy ferry, she looked dazzling. She complained of a cruel destiny and was always waiting for fate to intervene. Then fate turned up a rich old former diplomat and she refused him. Then she turned twenty-eight. And in those days, being twenty-eight and still unmarried…

"The Ağa's nobility is unquestionable," her father would say. In the area, they were known as

Kürek kemiklerinde ilk yağ birikimleri oturmaya başlamışken, dönümlerce toprağa, Topakköy adını taşıyan, dört mevsim ürün veren köye, hayır demede diretmek üç aydan fazla sürmedi.

Taksim Belediye'de *"mükellef"* bir düğün yapıldı. Büfe aylarca anlatıldı. Bir Fransız kadın şarkıcı, soyismi Avril'di, ağlamaklı aşk şarkıları söyledi.

Annesiyle ilk kez aynı anda, ayrı şeyler için duygulandılar. O kocaman boy aynalarında, içkiden kızarmış kadınlar, hülya dolu bakışlarla kendilerini süzüyorlardı. Düğün dağılırken elini sıkanlara hiç bakmadı.

"Valinin kızı geçkin, ama güzel"

"Bakire miymiş?"

"Ah, o Heybeliada'daki çamların dili olsa da anlatsa..."

"Ya Löbon'dakiler?"

"Başka yapacak şeyi yoktu doğrusu. Gene de bir çiftçiyle yapılan bir evlilik sonunda."

Vali Bey, kulüpte rahatça oyunlarını oynamaya başladı. Onun zamparalığı için söylenenler üstü kapalı şeylerdi. *Gerçek bir beyefendi.* Sarhoşluğunun en koyu anında salt aşktan dem

Topakoğulları, which was as much to say they were once the noble Topak family.

Then the first fat started to show itself between her shoulder blades, and after three months of refusing, she gave in and married into their vast acres in the village of Topak, which yielded harvests in all four seasons.

A sumptuous wedding was held in Taksim Municipal Hall. The buffet was talked about for months. A French singer by the name of Avril sang anguished love songs.

For the first time, the daughter was overcome by emotion but in a different way from her mother. Flushed with drink, women were gazing at themselves dreamily in the huge wall mirrors. Then, when the wedding guests dispersed, they squeezed her hand but she couldn't bring herself to look them in the face.

"The governor's daughter isn't that young, but she's beautiful."

"I wonder if she's a virgin?"

"Ah... If only the pine trees on Heybeli Island had tongues..."

"What about the men she used to meet in Lebon?"

"But what else could she do? At the end of the day, she's still married a farmer."

The governor began to play his card games more freely now. Those who talked about his womanising were at least discreet about it. "He's a real gentleman,"

vurması, onun geçmişinde kopup kalmış bir yürek acısına yorulmaya başlandı. Oysa hiç böyle bir şey olmamıştı tüm yaşamında.

Bir gece karısının odasına girmişti. Kadın:

Sıtkı Bey, bir şey mi oldu? demişti.

Her yanın portakal koktuğu sıcak bir yaz gecesiydi.

Nehir iyice çekilmişti.

Oda limon kolonyası kokuyordu. Sevişilmemiş, soğuk, düzenliydi. Sıcağın yitmesine yetiyordu bu da...

Beni seviyor musunuz? demişti.

Tabii, demişti karısı. Ben sizin karınızım, kızınızın annesiyim.

Ötegeçeden bir izin dönüşü onu da getirmişti ablası buraya.

"Gel," demişti. "İstanbullular gittiler. Büyük hanımefendi, iki hizmetçi. Dönmez artık onlar, Yusuf Ağa gider İstanbul'a."

Evin ikinci katındaydı mutfak.

Çok genişti.

Ermenilerden kalma, bir sıra dört katlı evlerdi bunlar, nehre karşı koyu renkleriyle öylecey-

they would quip. And in the moments of his greatest
drunkenness, he babbled on about some pure love and
they imagined that once his heart had been broken. But
the truth was that nothing of the sort had ever actually
happened to him.

One night, he went into his wife's bedroom. His wife
asked him:

'Sıtkı, is anything the matter?"

It was a burning summer night heavy with the scent of
orange blossom.

The riverbed was almost dry.

The room smelt of lemon-scented cologne, but it was
a room from which the act of lovemaking had been long
absent. It was ordered and tidy.

"Do you love me?" he asked.

"Of course," his wife replied. "I'm your wife. The mother
of your daughter."

Returning to the Ağa's house from leave one time, her
elder sister took the girl with her.

"Come," she had said. "The lady and her two servants
have gone back to Istanbul. They won't be coming
back here, and Yusuf Ağa will go to Istanbul."

The kitchen was on the second floor. It was large and
spacious.

diler. Dam çıkmalarının altları güzel tahta oymalarla süslenmişti. Kapılara zil takılmıştı, ama pirinç tokmakları hâlâ duruyordu. Mutfağın çalışma tezgâhını ak badanalı bir dumanlık çeviriyordu. Kalaylı büyük tencereler boy sırasıyla yandaki raflara dizilmişti. Kapaklarında, demirine sarı pirinçten kuş resimleri oyulmuş kuzina koca mutfağı alabildiğine ısıtıyordu. Durmadan yemek pişiriyordu ablası.

Saçlarını sal kız, demişti ablası. Çok belik örme. Ör kalın iki tane bırak sırtına. Başına da örtü koyma. Senden benden başka kim var ki, evde? Uşağı hiç mi adam yerine alma. Sofranın getirenine götürenine sen bakarsın.

"Ya ağa?" demişti.

"Ağa mı?" demişti ablası, "Daha neler. Sen on üçündesin. O senin deden yerinde adam."

Ötegeçeden katılmış bulgur pilavı tadı, ıslak tahta kokusu bir de paralı ağlayıcı olan iki teyzesi aklına takılmıştı.

Teyzeleri, ölülere en iyi ağıtları yakıp dövünmeleriyle ünlenmişlerdi. Geleneklerine bağlı olan zengin evlerine bile çağrılmışlardı. Oralardan, kara uzun giysileriyle yorgun argın döndüklerinde, ağlamaktan şişmiş gözleriyle, hiç tanımadıkları ölülere nasıl ağlarlardı. Ona

It was one of a row of houses, once belonging to Armenians. Dark coloured and four storeys high, they stood facing the river, and they had pretty wood carvings under the eaves. And even though there was a bell fastened to the door, the brass knockers still remained. Over the kitchen work-surface was a whitewashed smoke hood. The large tin saucepans were arranged in order of size on the shelf next to it. A stove with yellow brass bird designs on the covers warmed this enormous kitchen with all its might. Her elder sister was always cooking.

"Let your hair down, girl," her elder sister said. "Don't plait it so tightly. Just twist a couple of thick braids together and let them hang down your back. And don't cover your head. Who else is there besides us in the house? And never you mind the servant boy. You can set the table."

"And the Ağa?" she asked.

"The Ağa?" asked the elder sister. "What now? You're thirteen. That man's old enough to be your grandfather."

Then she remembered the taste of leftover bulgur, the smell of damp wood, and her two aunts who were professional mourners.

Her two aunts were renowned for wailing the best laments and for their self-flagellation. They were even called to the houses of the rich who still followed the tradition. And they would come back in their long black dresses, tired and exhausted, their eyes swollen bakıp, "Hadi," derlerdi, "Gittiğimiz ev iyiydi. Ölü yemeği ise bol. Sana da sarıverdik. Biz aç değiliz. Yapıver yataklarımızı."

İki gözlü evlerinde eşya, içi kıtık doldurulmuş minderlerdi. Yatak, oturmalık, hep bunlardı. Bir de Kâbe resmi asılıydı duvarda. Kara çarşaflara bürünmüştü kutsal yer.

Ev halkı, ablası, iki teyzesi, kendi, serili hasırların üstünde sessizce kıpırdayarak yaşarlardı.

Bir takım bozuk paralardı dertleri günleri. Verirlerdi eline, bakkala git, bütünlet, derlerdi. Bakkal karanlıktı. Kör bir kedi, akık gözüyle oralarda gezinirdi. Çürümüş ot kokardı içerisi. Terazinin orada susup dururdu, elinde bozuk paralar.

"Gene," derdi bakkal "Seninkiler kale kapısındakileri iyi soymuşlar."

Sonraları, bu soymak lafının dilenme anlamına geldiğini öğrendi.

Büyük teyzesi, "Ne yapalım," demişti, "Artık eskisi kadar ölü çok değil. Olsa da ağlayıcı çağıran kalmadı. Açlıktan ölelim mi? Başlarının gözlerinin sadakasını veriyorlar. Belalarını savıyorlar..."

with tears. They'd been crying for people they had never even known. They would look at her and say, "Come on, the house we have just been to was good. There was plenty to eat. We brought some back for you. We're not hungry. Hurry up and make our beds for us."

In their two-roomed hovel, they had a few cushions stuffed with old cloth, a bed and a sofa. That was all. And on the wall was a picture of the Kaaba at Mecca. The sacred place covered in black sheets.

Her elder sister, their two aunts, and herself, lived together silently, moving over the rush mats that were spread on the floor.

All they worried about was the odd bit of change. They would put it in her hand and tell her to go to the grocery to get it changed into notes. The inside of the grocery was dark. It was inhabited by a blind cat with agate eyes that wandered around. The inside stank of rotting vegetables. She would stand silently before the scales, holding the loose change.

"Once again," the grocer would say, "your lot have sacked all those that live up by the castle gates."

It was only later that she found out that what the grocer meant by 'sacking' was actually begging.

The elder aunt would say: "What can we do? There aren't as many deaths now as there were in the old days. And no one wants professional mourners any

"Bakkala artık para bütünletmeye gitmem." dediğinde, dövdüler.

"Ablana mı güveniyorsun? Zengin yere kapılandı da bize bir faydası mı dokundu?

Ablası, "Bunu yarın götüreceğim," dediği gece, büyük teyzesi, Kuranı çıkarıp saatlerce yüksek sesle okudu.

"Sizin gömüleriniz vardır," dedi ablası. "Biz gidiyoruz bunun iki parça urbasını alıp, geri kalanı sizin olsun."

"Hayır götürme.."

"Ama İstanbullular gelirse?"

"Gelmez."

"Gelirse bu kızı hanım istemez."

"Gelmez dedim ya! Kalan her şey sizin olsun."

"Lafa bak, lafa… İki çuval çaput bırakıyor bıraka bıraka, Allah'ın gâvuru, insafsızı."

"Sizin gömüleriniz vardır."

Güneş doğmamıştı yoldayken.

Çamurların içinden çıkmışçaydı evler. Bir korkudur sarmıştı içini. Öyle demişti ablası.

more. Should we die of hunger? They're giving alms for their own sake. To chase their troubles away.

Whenever she said she wouldn't go to the grocer's anymore to change the money, they would hit her.

"Do you rely on your elder sister? She got herself a good job, but what good has it done us?"

The night when her elder sister had said, "I'll take her with me tomorrow," the eldest aunt took out her Koran and read it aloud for hours.

"You must have something hidden away," said the elder sister. "We're going. We'll take a couple of dresses and whatever we leave behind you can have."

"No, don't take her."

"And if the ones from Istanbul come back?"

"They won't."

"But if they do, the lady won't want this girl."

"I told you, they won't come. Whatever we leave behind you can have."

"Listen to that... She goes off leaving behind a couple of sacks of rags, the wretch, the merciless fiend."

"You must have something hidden away."

They were on the road before dawn.

The houses seemed to rise out of the mud and she was gripped by fear.

Görmediği büyüklükte bir saraya gidiyorlardı. (Saray ne ki?) Buralarda kışın yağmurlar yağardı hep. Yerler tüm çamur olurdu. Orada sokaklar taşla döşeliydi. Gittikleri evde yemeğin çeşidi saymakla bitmezdi.

"Hurma da var mı?"

"Hurma ne ki, a benim aptal kızım! Yer içer biraz etlenirsin."

Öyle güzeldi ki evler.

Köprüyü gördüğünden daha çok şaştı bunların güzelliğine.

Köprü neydi ki?

Herkes geçerdi oradan.

Ama bu evler. Bir iki değil. Hepsi kocamandı ve yalnız Yusuf Ağa'nındı. O kapıyı kapadı mı, bitti!.. Kimse izinsiz giremezdi.

"Güzeldi. Pamuklar gibi beyaz. Hanımdı. O hanımlığı iyi bilirdi. Ama buralarla yıldızı barışık değildi.

"İstanbul buradan daha mı güzel ki?"

"Buradan daha güzel yer olamaz. Ama insan eriyle geçimli olmadı mı her yer zindandır ona. Erkektir her şey. Kadın kişi nedir ki. İnsanın çilelisi. O hem zengin, hem hanımdı. Parmak-

The elder sister had told her they were going to a palace larger than anything she had ever seen before. (But what's a palace compared to this?) She said that while in these parts it rained all winter and the ground turned to mud, there the roads were paved with stones. And in the houses, there were countless varieties of food.

"Do they have dates, too?"

"They've got everything, you stupid girl! Eat, drink, put a bit of weight on!"

The houses were so beautiful.

And the ones that were visible from the bridge were even more beautiful.

What was a bridge?

Something everyone passed over.

But these houses. Not just one or two, but all of them. They were enormous and all belonged to Yusuf Ağa. And when the door was closed, that was it. No one could enter the house without permission.

"The Ağa's wife was beautiful, and as white as cotton. She knew how a woman should be. But she couldn't bring herself to like the people who lived here.

"Is Istanbul more beautiful than here?"

"There's nowhere more beautiful than here. But if a woman doesn't get on with her husband, then everywhere is a dungeon to her. A man is everything. What is a woman anyway? She's the sufferer. The Ağa's wife was ları elmas, pırlanta döşeliydi. Saçlarını kısa kesmişti. Saç kadının çeyizidir."

Mutfağın nehre bakan camındaki içerlek yere oturup, gün boyu, nehir sularının akışını seyrediyordu.

Ablası ona hiçbir iş yaptırmıyordu.

"Tığ örsem?" demişti.

"Yok yok, yüzün irin sarısı. Kuru kemiğe durmuşsun. Ye, iç otur, biraz etlen. Seni gören on yaşında sanır. Artık gelinlik kız oldun."

Mutfaktaki işler Yusuf Ağa çiftlikten döneceği günler yoğunlaşıyordu.

Kuzu ciğerleri şöylece bir kavruluveriyordu. Türlü yeşillikler, kıyılmış kırmızıbiber, yemeğin çeşidi.

Durmadan yiyordu. İliklerinden, bilmediği açlığı ortaya çıkmıştı.

Sabahları pekmez içiriyordu ablası.

"İç kız, kan yapar."

Sonra bir gün, onu hamama soktu, ova ova yıkadı. Saçlarına menekşe kokuları sürdü. Hamamotuyla bacağının tüylerini aldı.

both rich and well-bred. Her fingers dripped with diamonds, but she had had her hair cut short. Hair is a woman's dowry."

Sitting a little away from the kitchen window, she would spend her days watching the water flowing in the river.

Her elder sister wouldn't allow her to do any work.

"Let me crochet," she had said.

"No, your face is the colour of pus and you're all skin and bones. Have something to eat and drink then sit down and rest, put some weight on. Anyone looking at you would think you were only ten. But instead you're old enough to be married."

On the days Yusuf Ağa was expected to return from his estate, the work in the kitchen increased.

They fried lambs' livers and prepared various greens, finely chopped peppers and all different sorts of food.

She ate continuously and acquired a hunger she had never imagined existed.

In the mornings the elder sister would drink syrup.

"Drink it, girl. It makes blood."

A short while later, she took her sister to the hamam and washed her from head to foot, perfumed her hair with violet and waxed the hair on her legs.

"Esmersin, tüylerin ziyade, ama alıveririz bundan sonra. Kadının tüysüzü makbul. Hem de Müslümanlıkta tüylü gezmek günahtır."

Bir akşam,

"Git yukarı," dedi. "Ağa'nın ayak suyunu ısıt."

Sessizce denenleri yaptı.

Dövme bakırdan bir leğene suyu boşalttı. Sırmalı peşkiri koluna astı, beklemeye başladı.

Odaya girdiğinde, Yusuf Ağa'nın bir yerde oturduğunu biliyordu. Duyduğu sıkıntı o yana bakmasına engeldi.

Gel bakalım hele kızım.

Leğeni önüne koydu. Koyu renk çorapları çıkardı ağanın ayağından.

Elleri bu kocaman ayakların yanında minicikti. Suyu köpürtüp ovmaya başladı. Ağa'nın ayaklarını.

"Serpilmişsin ben görmeyeli," dedi Ağa.

Saçının bir örgüsü omzundan sarkıyordu.

Ayaklar kemikli, iri, leğenin içindeydiler. Sormamıştı ablasına yıkamanın süresini. Ağa bir şey demeden yıkanmayı izliyordu. "Yeter" dediğinde, sırtını ince bir ter bürümüştü.

"You've got dark skin. You've got too much hair, but after this we'll wax it. A woman's skin should be smooth, without hairs. And besides, for a Muslim, it's a sin to go around with too much body hair."

One evening, she said:

"Go upstairs and heat the water to wash the Ağa's feet."

And silently she did what she was told.

She emptied the water into the beaten copper basin. And with a hand towel embroidered with silver thread, she began to wait.

She knew that when Yusuf Ağa came into the room he would sit down at a certain place, and she was embarrassed to look in that direction.

"Come here, my girl."

She put the basin in front of him. She took the dark socks off the Ağa's feet.

Beside his enormous feet, her hands seemed tiny. Lathering the water, she began to scrub at the Ağa's feet.

"You've grown up since I last saw you," said the Ağa.

A braid of hair hung over her shoulder.

His feet in the basin were huge and bony. She hadn't asked her sister how long she was supposed to carry on washing them. The Ağa watched her washing without

Dışarı çıkarken, "Ablana söyle," dedi. "Bu gece tek başıma içeceğim. Rakıyı soğutsun."

Rakı mı istedi? Eh keyifli demek... Bak sen bu eve, bu koca eve. Yıllar yılı o İstanbul hanımının elinde durdu. Çocuk bile yapmadı. Neden mi? Ağa'yı beğenmezmiş. Vali kızıymış. Babasının kumar derdi, kadın derdi onları buralı etmiş. Her yıl topraktan gelenin çoğu gider onlara. Kısır bir kadın, kadın değildir. Bunu bilesin. Kasıkları soğumuştur. Soğuk vurmuş portakala dönmüştür. Onun en genç, en civan zamanını yedi. Erkeğin yiğidi enseden derler. Ömer Ağa'nın kıvır kıvır saçlı şöyle güçlü baktıran bir sırttan duruşu vardı. Kadın kadın olmayı bilmezse, er kişi kadın olanı bulur.

Kuzinanın başına geçip pırıl pırıl kalaylı bir tavaya, kalın ağdalı zeytinyağını akıttı.

Nehrin ötesinde, kırpık, solgun ışıklar yanmıştı. Teyzeleri, ılık, gür yağmurların altında gene dileniyorlar mıydı kara giysileriyle? Onları ne zaman düşünse, kale kapısından bir gün geçerken duyduğu uzun havayı yeniden dinliyordu.

Ne güzel mutfaktı burası. Tereyağı kokan, kimyon kokan, ılık, dipdiri sebzelerle, dizim dizim sucuklarla dolu... Muz hevenklerinin aydınlığı ne güzeldi. Hele nehre bakan pensaying anything, and by the time he told her that she had done enough, a light sweat had broken out on her back.

As she was going out, he said to her: "Tell your sister that tonight I will drink alone. Put the rakı[3] to cool."

"He asked for rakı? Then he must be in a good mood... Just look at this house, this huge house. For many a long year it was the home of an Istanbul lady. But she never had children. Why? Because apparently she didn't like the Ağa. She was the daughter of a governor. It was her father's gambling and womanizing that drove her here. Most of what comes from the soil around here goes to them. A barren woman is not a woman. You should know that. Her loins grew cold. And became like cold, shrivelled oranges. And she wasted his most virile days. They say that a man's strength is in the back of his neck. And beneath his curly head of hair Yusuf Ağa had a strong way of holding his back. If a woman doesn't know how to be a woman, a man will find one who does."

She poured thick olive oil into the gleaming tin frying pan on the stove.

On the other side of the river, pale, twinkling lights were burning. Were her two aunts still wandering around, begging, in their long black robes under the thick, warm rain? Whenever she thought of them, she remembered cerenin girintisindeki yerinde otururken yediği cevizli ezmeler...

—Turpları sen yıka, dedi ablası, düzgünce yeşilliklerin yanına sırala. Soğanların yeşilini kökten alma, biraz uçlarından al yeter. Çerkeztavuğunu tepeleme doldurma tabağa. Masa az az birçok yiyecekle dolu olacak. İçki masasının yakışığı budur. Tülleri de iyice çek camları aç, suyun sesi duyulsun... İstanbullu hanım böyle yapardı. Yusuf Ağa da aynen böyle ister... Ellerini kahveyle ov, soğan kokusunu alır. Yusuf Ağa'nın erimiş, adaleli, sarkık karnının ağırlığı tüm bedeninde kayıyordu sanki.

Ellerini yanına sıkı sıkı yapıştırmıştı.

Silme halı kaplı, yaldızlı eşyalarla dolu odaları ilk görüşünü düşündü. Şaşırmıştı, parmak uçlarını şöylece değdirmişti gizliden.

Hanım döşedi evi kız, demişti ablası, sanırsın ki peri padişahının bir yeri...

Tavanlar üzüm salkımlarıyla resimlenmişti. Bu odanınki nasıldı acaba? Gözlerini daha sıkı yumdu. Morların arasına sarı üzümler serpmişlerdi. Peki yaprakları neden mor yapmışlardı? Gittikçe üstündeki ağırlıklar daha çok küçülüyordu.

Yağışlardan o yıl nehir iyice kabarmıştı.

the dirge she had once heard when passing through the castle gate.

What a beautiful kitchen this was. It was warm and smelt of butter and cumin. It was full of fresh vegetables and rows of sausages. And how beautiful was the colour of the bananas hanging in bunches. And above all, she liked to sit in the alcoves of the window that overlooked the river and eat crushed walnut paste…

"Wash the radishes," said the elder sister. "And put them in an orderly way among the other salad greens. And don't cut the green part from the root of the onion, just a bit from the end is enough. And don't pile the Circassian chicken too high on the plate. The table should be filled with little portions of many different types of food. That's how a drinking table should be. Open the tulle curtains and open the windows so he can hear the sound of the river. That's what the Istanbul woman would do, and Yusuf Ağa likes it that way. Rub your hands with coffee to take away the smell of the onions."

It was as if the whole of Yusuf Ağa's body had sunk into his flabby, pendulous belly.

She held her hands firmly at her sides.

She thought of how the rooms looked when she first saw them: the spread carpets and gilded furnishings. She was perplexed and touched the ends of her fingers together.

Şişmiş hayvan ölüleri suyun dönüşlerindeki köşelere takılıyordu. Bunlar büyükbaş hayvanlardı.

Taa ötelerde, dağ kitlelerinin orada soğukları kuzeye götüren bulutlar geçiyordu.

"The lady furnished the house," the elder sister had said. "You'd think it were the home of a fairy-tale king."

The ceilings were decorated with pictures of bunches of grapes. How did it used to be in this room? She shut her eyes tighter. Yellow grapes were sprinkled among the purple. But why had the leaves been painted purple? The pressure on her body got less and less.

That year it had rained a lot and the river had swollen.

The bloated corpses of dead animals swirled in the currents and caught on the corners of buildings. They were the bodies of cattle.

And in the distance, above the mountains, the clouds were taking the cold to the north.

1. *The lord of an Anatolian village*
2. *A district of Istanbul*
3. *An aniseed-flavoured, strong alcoholic drink*

Sevda Dolu Bir Yaz

Yaz pazarları böyledir karşı yakada.

Tenhadır.

Otomobiller seyrelir, yeşillikler çoğalır, güneş ağaçların arasından süzülür. Hep öyleydi, ya şimdi...

Hafta sonlarını deniz kıyısında, kırlarda geçirmek isteyenler, 'Su yanı, esinti olsun' diyenler, buraları tanımadıklarından, trenden ininde günlük yükleriyle bakınıp dururlar.

Biz Güllü Köşk'te yaşarken böyle insanlara rastlanmazdı.

Oradakiler pazarın, yazın ne olduğunu bilenlerdi.

Yatak odalarının kapıları öğleye doğru açılırdı.

Hizmetçiler, yamaklar, işliklerinde sessizce çalışırlardı.

Adalar yönünden mimoza kokuları eserdi.

Köşkün orta kat balkonunun kapıları yavaşça çekilince, ben de oturmaktan yorulmuş bacak-

A Summer Full of Love

Summer Sundays were like that on the opposite shore.

The place was deserted.

There was the infrequent car, an abundance of greenery, and the sunlight filtering through the trees. That's how it always was. But now...

Carrying their loads and looking around them, strangers pour off the train to while away their weekends on the seashore or in the countryside, or in search of a breeze by the water's edge.

But in the days when we still lived in Rose Villa, there were none of these people.

Those who lived there knew what Sundays and summers were about.

Only towards midday would the doors of their bedrooms open.

As the servants and helpers worked away silently in the studios or workshops.

The smell of mimosa would blow across from the islands.

larımla fırlar, koşmaya başlardım.

Ne çok severdim dört yatak odasının çevrelediği sofayı, kapıları açıldığında bahçeyle birleştiriveren, enine uzayan o balkonu. Çamlara, göğe, sıcaktan uçup gitmiş göğe karışmış denize, oradan bir yürüsem varabilirim sanırdım. Balkonun sayısız kapıları katlanıp üst üste çekilirdi. Dantela gibi örülmüş demirden korkulukları yediveren gülleriyle, hanımeli desteleriyle örtüldüğünden, o açıklık ağaçlara katılıp sürerdi.

Büyüdüğümde, yeşilliklerin üstünden yürüyerek vapura binmeden, İstanbul'a varırım diye düşünürdüm. Çocuktum.

Koşmaya başlayınca büyükler 'Uslu dur, uslu dur, terleyeceksin' derlerdi.

Ben de ellerim çenemde bir kıyıya çekilir, çevreme bakarak oyalanırdım.

Hat boyunda uzanan kuş kafesi güzel köşklerin bahçelerini mavi çam, manolya, japon söğüdü, ortanca, mor sümbüller, salkımlar, çeşitli gül hevenkleri sarardı. Trenle geçenler bahçıvanların çiçek öbeklerini durmadan bakımda tuttuğu yerleri görebilmek için cam yanını seçerlerdi. Hat boyuna dönük balkonlarda, verandalarda, satenden verev sabahlıklarıyla çaylarını yudumlayan genç, güzel kadınlar,

And as the villa's middle-floor balcony doors slowly opened, restless from sitting, I would leap up and start to run around.

How much I loved that hall which was surrounded by four bedrooms, and the balcony! The balcony stretched its full width and its doors opened out onto the garden. I always imagined that if I walked far enough, I would arrive at the pines, the sky, and the sea that was evaporating into the clouds from the heat. The balcony's countless doors could be concertinaed back to reveal all manner of trees and roses and honeysuckle climbing over the iron grill, covering it like lace.

When I grew a little older, I believed that one could get to Istanbul without taking the ferry, just by walking on all this greenery.

I was still a child.

But whenever I began to run around, the grown-ups would tell me off, saying, "Don't do that, there's a good girl, you'll get sweaty."

I would while away hours sitting on the shore, my chin in my hands, just gazing around me.

Stretching into the distance, the villas looked like beautiful little bird cages, while their gardens were filled with blue pine, magnolia, Japanese willow, hydrangea, purple hyacinths, wisteria, roses. Those who passed through on the train would choose a window seat to be bakıcılara 'Çocuklara dikkat et' diye nazlı nazlı seslenirlerken, terleyen enselerinden ellerini tembel tembel geçirirlerdi.

Hiç unutmam, sanki dündü hepsi.

El değiştireyim, bavul ağırlaştı.

Canım yoruldun mu? Yürürken ikide bir takılıyorsun.

Dikkat et, ayakkabılarının burnu örseleniyor.

Bak şimdi bize, ikimiz mavnalı, kayıklı iskeleden çıkıp, ne yapacağız dersin?

Haydi haydi söyleyeyim.

Şu kuleli, renkli camlı, saray gibi kocaman gara girip, bilet alaraktan trene bineceğiz.

Sevindin, sevindin...

Elbette sevinirsin.

Bir çocuk bu yaşta, İstanbul içinde de olsa, annesiyle ucu bucu görünmeyen bir gardan, bavulları da ellerinde trene binerlerse, bu elbette yolculuk sayılır.

Ben trenle gidilen yerleri ne de çok severim.

Babamla Ankara'ya böyle bir yolculuğa çıkmıştım.

Olsa olsa senden iki yaş büyüktüm.

Beni onunla niçin yolladıklarını hâlâ bilmem. Çünkü baba tarafım kalabalıktı benim.

able to see the mounds of flowers the gardeners had planted. And all along, on the facing balconies and verandas would be beautiful young women in satin dressing gowns sipping their tea. In their disdainful voices, the backs of their necks sweating and their hands lying idle, they would remind the nurse to take care of the children.

I will never forget it. It is as if it were yesterday...

This suitcase is getting heavy. Let me change hands.

Are you tired, my dear? You keep dragging your heels.

Look, you'll wear out the toes of your shoes.

Do you know what we'll do when we leave this quay with barges and boats?

All right, I'll tell you.

We'll go to the station – you know, the one as big as a palace with towers and stained-glass windows – and once we've got our tickets, we'll get on a train.

You like that?

Of course you are happy.

For a child this young, even if it's only in Istanbul, going to an enormous station with her mum and getting on a train with luggage seems like an adventure.

I too adore the places that trains go to.

Once, I went with my father on a trip to Ankara.

Ne sandın, benim de babam vardı elbette, olmaz mı hiç?

Seni görmeyi beklemedi ah...

Ankara Ekspresi'ne binip, yataklı kompartımanımıza girerek baş başa kaldığımızda rüya görüyorum sanmıştım.

Çok küçüktüm, nereye oturtsalar ayaklarım yere değmezdi. Şimdi babamı da kendimi de bu yolculuğun bana anlatılmış kişileriymiş sanıyorum.

Hayat... Gözünü açıyorsun varsın, kapıyorsun yoksun. Babaannem daima böyle konuşurdu. "Akıllı uslu davranmayı bilmek daima elzemdir" derdi.

Birden öğrenmiştim babamla Ankara'ya gideceğimi.

Babaannem biz yola çıkmadan bir gün önceki ikindi üstü, köşkte her akşam yapılan çay davetinde, gümüş zarflı bardağında kaşığını arasız çevirerek, bu açıklamayı yapıvermişti.

'Çocuk için iyi olacaktır, küçük bir değişiklik.'

Çağrılı konuk hanımefendiler de bu tasarının yerindeliğini onaylayıp, okşamak için başımı aranmışlardı.

Haydarpaşa'ya kadar karolu kemeri olan bir otomobil tutmuştuk. Babamın kemik rengi,

At the very most I would have been two years older than you.

But I still don't know why we went. Though my father had many relatives.

What's that? Of course I had a father. How else?

Only... he didn't wait around to see you...

We took a sleeping compartment on the Ankara express. Lying side by side was like a dream.

I was still very small, and wherever I was seated, my feet just wouldn't touch the floor. Now, it seems like my father and I are characters from a journey I've been told about.

Life... You open your eyes and it's there; you close them and it's gone. My grandmother was always saying things like: "It's imperative to know how to behave properly and intelligently."

It was only by chance that I learned I was to go to Ankara with my father.

Every afternoon my grandmother used to host a tea party at the villa, and on the day before we set off, stirring her tea in the glass with the silver holder, she suddenly announced:

"It'll do the child good. It'll be a change."

The ladies approved of the idea and looked for my head to stroke.

yanlarından kahverengi zırh geçmiş Pontiac arabasına binmemiştik. Babaannem 'Burada kalsın' demişti. Köşkün meşeden oygulu bahçe ana kapılarını açıp içeri sokmuştuk. Bahçenin bir de Hilmi Paşalar'ın yönünde demirden, aşı boyalı, kullanılmayan küçük bir kapısı daha vardı.

Ben direksiyona oturdumdu.

Babaannem 'Sen oğlan çocuğu musun, in oradan.' demişti.

Mayıstı. Boyumu aşan cennet yeşili pisi pisi otlarının arasına gömülüp kalmıştı koca otomobil. Aynasını hohlayıp yüzüme bakınca, burnumun yayvanlığına, gözlerimin yanlara kayarak kocamanlaşmasına gülmekten ölmüştüm. Babaannem Çerkez Kalfa Besime'ye 'Haydi şu çocuğu alın ordan' diye beni göstermişti.

Çok gülmeme, çok ağlamama öfkelenirdi. 'Yakışıksız' derdi.

Babaannem o yıllar her davranışımı gözler, her şeyimle ilgilenirdi. Sevgisinden olmalı. Köşkün dışına çıkarım diye de ödü patlardı. Ben otların, sayısız çeşitteki çiçeklerin içinde dolanır, demli çayların, çatının sağ çıkıntısındaki kuş evinin güvercinlerinin toz kokusunda yaşar dururdum.

Düşmez kalkmaz bir Allah lafı boşa söylenmemiştir.

ader_navigation>*A Summer Full of Love*

We took a car with diamond-shaped seat belts as far as Haydarpaşa station – though not my father's cream-coloured, brown-flanked, armour-plated Pontiac, as my grandmother had suggested he leave it at home. Opening the carved oak gates of the villa garden, we climbed inside. And on the side of Hilmi Pasha's house, there was one other small, red iron door that was never used.

I sat in the driver's seat and my grandmother said:

"Ah, you think you're a boy, do you? Get out!"

It was May. The big car had sunk into the heaven-green wild barley which grew so tall that it dwarfed me. I looked at my face in the mirror and, breathing on the glass, I almost died from laughter at seeing my spread-out nose and the size of my widening eyes. My grandmother ordered the Circassian nurse, Besime, to fetch me out of the driver's seat.

She got cross if I laughed or cried too much. "It's not becoming of a young girl," she would say.

When I was small, my grandmother followed my every move. If only from love. She'd be frightened to death if she thought I'd left the villa. And I would spend my whole time wandering among the flowers and grasses, or in the bird loft among the smell of pigeon dust.

They're right when they say only God is free from trouble.

Babam o yolculuğumuzda bana trenin içindeki lokantadan tatlı bile getirtmiş, 'Otelde yerimiz hazır' demişti.

Babam nasıl da gençti, keşke sen de onu bir kerecik görebilseydin, çok isterdim. Allahım ne çok isterdim. Bıyıkları, saçları cam gibi parlardı.

Bize, çok yüksek bir yapı olan otelin üçüncü katında iki yataklı, tek bir odayı vermişlerdi. Acaba sahiden otel çok mu yüksekti? Şimdi şu gar bana küçüklüğümdeki gibi yine yüksek, büyük görünüyor. Fakat bazı şeyler hiç de o kadar büyük değil, yeniden gördüğüm zaman.

Bizi defterlere yazan otelin adamı babama hep, 'Evet beyefendi, evet beyefendi' demişti.

Üç aynalı, içi cevizden bir asansöre binmiştik. Kapıları içe açılıyordu.

Ben hep babama bakıyordum.

Asansörde başımı eline dayadım. Boyum ancak oraya yetiyordu.

Ceketini çekince 'Ne o sen misin?' demişti, 'Korkuttun çocuk beni.' Hemen gülüvermiştik.

Beni güldürmeyi severdi.

İkide bir aynı şarkıyı söylerdi.

İlk duyduğumda anlamadığım için gülmemiştim.

Açıklamalar yapmıştı şarkı için.

On the train, my father bought me a desert from the restaurant car and told me there was a room in the hotel waiting for us.

How young my father was. I wish you could have seen him, if only once. His moustache and his hair glistened like glass.

They gave us a room with two beds on the third floor of a very tall hotel. Though I wonder if the hotel was really that high? The station still looks as big and tall as it did when I was small. But other things are never quite as big when you see them as an adult.

The man wrote our names in the hotel register and kept on saying to my father: "Yes sir, yes sir."

We got into a lift, and inside it was panelled with walnut wood and three mirrors.

I couldn't stop looking at my father.

Inside the lift, I rested my head in his hand. That was how tall I was.

I pulled at his jacket. "What's that, is it you?" he jumped. "You gave me a fright!" And we started to laugh.

He loved to make me laugh.

And he had a song that he sung over and over.

The first time he sang it I didn't laugh. I didn't understand.

Gülmemi istediğini anlar anlamaz da, o şarkıyı ne zaman söylese gülüverirdim.

Odanın kadife perdelerinin ipek püskülleri tarazlanmıştı. Tek kişilik ceviz karyolalar bir adımlık arayla yan yana duruyordu. Banyo fayansları mavi çiçeklerle süslüydü. Havluluklar kuş pençesi kesimli, aynası ovaldi. Yüzümü yıkamak için musluğa boyum yetişmiyordu. Demek ki ufak tefek olacağım o zamandan belliymiş. Babam yıkamıştı yüzümü. Ne kadar hoştu ellerinin değmesi. Avuçları bütün yüzümü içine alabiliyordu.

O gece erkenden yattık.

Babam yine o şarkıyı söyledi, neşelendik.

"Biliyor musun" dedi, "Sana bir sır vereceğim. Ben bunu dedemden öğrenmiştim. Çünkü babam ağırbaşlı bir adamdı. Dedemse keyifli zamanlarında bu tuhaf Fransızca parçayı söyler, hatta gümüş bastonunu çevirerek dans ederdi. Ben de şaşardım. Bir paşa, her tarafında sırmalar, nişanlar asılı bir adam. Ortada kimse yokken şarkısına hemen başlardı. Bir gün önünde eğilip onu selamlayarak, 'Dedeciğim, söylediklerinizden bir şey anlayamıyorum. Hoşlanıyorum, lâkin Türkçesi nedir şarkınızın?' demiştim. Dedem, kumral lavanta kokulu sakallarını yüzüme sürerek kahkahalar atmış, 'Bu zaten Türkçeydi oğlum, Fransızcaya çevirdim,' demişti."

Then he explained it to me.

And as soon as I understood that he wanted me to laugh whenever he sang that song, I would break out in laughter.

The silk tassels of the velvet curtains which hung in the room were ravelled. The two single beds were made of walnut and were separated only by a small gap. In the bathroom, the porcelain was decorated with blue flowers, and the towel rail was shaped like a bird's claw. The mirror was oval shaped. But when I wanted to wash my face, I wasn't even tall enough to reach the taps and, even at that age, you could tell I was destined to be short. My father had to wash my face for me. How nice it was to feel the touch of his hands. They were so large that he could cradle my whole face in his palm.

That night we went to bed early.

My father sang that same song again and it made us happy.

"Do you know," he said, "I'm going to tell you a secret. I learned it from my grandfather. My father was a most dignified man. On the contrary, when my grandfather was in a good mood, he would sing this strange French song and even dance and twirl his silver baton. It used to puzzle me. He was a pasha and had been decorated many times. But when there was no one around, he would burst into song. One day I bowed

Babamla otelde daha neler konuşmuştuk çıkaramıyorum, ama konuşmuştuk.

Sabah gözlerimi açtığımda onun giyinmiş olduğunu görmüştüm.

Otel odasında beni biraz yalnız bırakacağını, uslu uslu oturup beklememi, döndüğünde de birlikte pastaneye giderek pastalardan, canım daha ne isterse onlardan yiyeceğimi söylemişti. Sonra beni kucaklamış, yüzünü yüzüme yaklaştırarak,

'Uslu kız olacaksın değil mi?' demişti.

Ben söz dinlerdim.

Yalnız bilmem neden, ara sıra gülme ağlama nöbetleri alırdı beni.

Ağlamama evdekiler çok öfkelenirlerdi.

'Anne, anne' diye saatlerce ağlardım.

Çocuklar da sanki dünya kurulduğundan beri anne diye ağlıyorlar.

Ama ben annemi hiç görmemiştim ki...

Onu tanıyıp, anlayıp, annem budur diyene kadar beni beklememişti.

Bir gün sordum, 'Ölmüştür' demişti babaannem.

'Peki nerde, annemin ölüsü nerde?'

'Üsteleme çocuk' demişti babaannem, 'Ne

down in greeting and asked him: 'Grandfather, I like that song. But what is it about? What does it mean in Turkish?' He stroked his auburn beard, which he scented with lavender, and he looked at me and burst into laughter: 'Actually, it is Turkish. I just translated it into French!'''

I can't remember what we talked about in the hotel, but I remember how we talked and talked.

In the morning, when I opened my eyes I saw that my father was already dressed. He told me that he was going to leave me alone in the hotel room for a while, that I should sit and wait for him like a well-behaved girl, and that when he got back we would go to the patisserie together and I would be able to choose whatever I liked. Then he gave me a hug and with our faces pressed together, he said:

"You'll be a good girl, won't you?" he said.

And I did as he said.

Only I don't know why, but I was taken over by fits of intermittent sobbing and laughter.

If I cried at home, they would get angry with me.

I cried for hours for my mother.

It's as if children have cried for their mothers ever since the world began.

But I had never seen my mother.

anlarsın böyle şeylerden. Vakittir, in bahçeye bakalım, oyalan.'

Babam çıkınca, mavi halısı kırmızı baklava kesimi göbekli, başucu komodinleri camlı, abajurları serpme çiçek süslü otel odasında ilkten 'adım adım oyunu' oynamıştım. Köşkün bitimini fırdolayı dönerek saran karo taşların iki renkten geçmeli bölüntülerinde de oynardım bunu. Sonra sıkıldım, durdum. Tavana baktım, cam göbeği yeşil yağlıboyaydı. Dışardan ezan sesi geldi. Tek büyük pencereye yöneldim. Perdeyi aralayıp baktım.

Perde toz kokuyordu, tersinden bal rengi bir ipekliyle astarlıydı, gündüz uyuyanlar ışık almasın diye.

Babamla geçen tren yolculuğunu, büyürken de hep çok şey düşünerek, kendime anlatarak daha iyi anladım ve öğrendim.

Öyle işte...

Bilirsin canım, benim elim hiç boş durmaz.

Dikiş dikmeye o kadar alışığım ki, gözüm kapalı hristo teğeli yapıyorum. Sus sus, başkaları duysa inanmazlar. İşte bu yüzden kendimi bırakıverir, geçmişime dalar giderim. Müşterilerimin bazıları beni sağır sanırlar. Babamla yaptığım tren yolculuğu hayatımdaki ilk mutlu şeydir, ikincisi de seni doğurmam. İyi ki de

She didn't wait around for me to meet her and for me to understand she was my mother.

I once asked my grandmother about my mother, and she told me simply she was dead.

"But where? Where did she die?"

"Don't persist," my grandmother had said. "You aren't old enough to understand such things. Come on, it's time, let's go down and look at the garden, go and play."

After my father had gone out, I first of all played 'footsteps' in the hotel room. The room had a blue carpet with a red lozenge design in the middle, bedside cabinets with glass fronts, and lampshades with scattered flower designs. I used to play this game on the various-coloured, diamond-shaped stones that bordered the end of the villa. Then I got bored and I stopped. I looked at the ceiling painted with bottle-green oil paint. The sound of the ezan* drifted in from outside. I turned towards the single large window. I opened the curtain and looked out. The curtain smelt of dust and was lined with honey-coloured silk so one could sleep during the day without being woken by the light.

As I grew older I would often think of that train journey with my father, and recounting it over to myself, I understood it better.

Just like that…

oldun bir tanem. Hayatımdaki bütün bu olağanüstü şeyleri kime anlatacaktım ki... İnsanlar benimle işlerinin dışında pek konuşmazlar. Ben de istemem zaten. Saatlerce, hatta günlerce konuşmadığım olur. Başlarda biraz yadırgamışlardı, sonra alıştılar. 'Evet, hayır, olabilir, düzeltirim, pensleri göğüs altından bele kadar indireyim, bu yıl pliseler daha geniş, nasıl isterseniz' deyip dururum. Sana söylediklerimi bir de ancak babama anlatabilirdim. O da nedense benim büyümemi beklemedi.

Ben seni hep bekleyeceğim. Korkma sakın, emi?

Babamla geçen tren yolculuğumu, sıkıntılı, kasvetli zamanlarımda, hatta düğünümde bile düşünmüşümdür. Bana düğün de yaptılar elbette. Ayaklı Singer dikiş makinem de çeyizimdendir. Kiralık gelinlik kaldırıldı, Foto Servanis'te fotoğraf çektirildi. Sonra o fotoğraf kayboldu. Nasıl kayboldu? Bunlar aklıma gelince de başım ağrıyor. Hayatımdaki bu tek uzun yolculuğun en küçük yanı eksik kalmasın diye, dikkat kesilmişimdir.

Sen de öyle olmalısın.

Çocukken yaşananlara önem verilmeli.

Çünkü insan o yaşlarda sevinmeye öyle hazırdır ki, o sevinçlerin benzerlerini bile yaşa-

You know, my love, my hands are always busy.

I'm so used to sewing I can tack with my eyes closed. No one would believe it. That's why I get carried away and I dream of my past. Some of my customers think I'm deaf. That train journey with my father was the first happy event of my life. The second was when I gave birth to you. It's a good thing you're here, my love. To whom else would I be able to explain all these strange things that have happened in my life? Unless it concerns my work, not many people speak to me. But to tell the truth, I don't want them to. Hours pass, whole days even, without my speaking to anyone. At first they thought it a little bit strange, but then they got used to it. I roll out phrases like: "Yes... no... OK... I'll put that right... I'll put in the pleats from just below the bosom to the waist... this year the pleats are wider... as you wish." I could hardly have told my father the things I've told you. Besides, for one reason or another, he didn't wait for me to grow up.

But I will always be here for you. Don't you worry.

Whenever I'm bored or depressed, I think of that train journey I made with my father. I even thought of it on my wedding day. Of course they married me off. My Singer sewing machine was part of my dowry. A wedding dress was hired. And even though we had our photo taken at Foto Servanis, it later got lost. How, I don't know. But when I think about it, my head starts to ache. I've taken

yamayabilir bir daha...

Ne yazık, ne yazık...

Perdeyi çabalayıp anca aralamıştım. Dışarıda yüksek yapılarla çevrelenmiş bir iç avlu vardı. Çöp bidonları sıralanmıştı. Her şey betondandı. Bu bitişik yükseltiden oluşan altı kenarlı bir açıklığın üstündeydi gök. Avluya bakan dar, uzun, seyrek camlar kirliydi. Ötelerden tren düdükleri, klakson gürültüleri, bir de bir satıcının sesi geliyordu. Hiçbir şey kıpırdamıyordu baktığım yerde. Perdeyi örttüm. Halının ortasına oturdum, ağlamaya başladım. Öğrendiğim için, ağlarken sesimi yükseltmemeye dikkat ediyordum. Orda kalacakları yazan otelin adamı duyup da yukarı çıkmamalıydı. Alışkanlıkla 'anneciğim, anneciğim' diye ağlaya ağlaya, orada kıvrılıp uyuyakalmıştım.

Çocukluk...

Yerde yatarken babam gelip beni bulmuş,

Eli alnımdaydı uyandığımda.

Hemen gülüvermiştim.

Ben kolayca gülerim değil mi canım. Fakat kahkahasız.

Pastaneye gitmemiştik...

Şimdi atlayalım vagonumuza.

Haydi hoop..

great care to make sure that I don't forget the smallest detail of this one long journey that I have made in my life.

And you should be like that too.

You should value your childhood experiences.

Because at that age you are ready to feel a happiness you will never experience again.

It's a shame, a real shame...

I had barely finished struggling with the curtain. Outside, between all the apartment blocks, there was an air well. The rubbish containers were all lined up. Everything was concrete. And above the neighbouring parapets was the sky. The few long, narrow windows that looked onto this air well were all filthy. From afar came the sound of train whistles and car horns, and the sound of a street vendor's cry. Nothing moved. I drew the curtain. I sat down in the middle of the carpet and started to cry. But I didn't sob loudly as I didn't want the receptionist to hear me and come upstairs. Out of habit, I was crying for my mother. Then I curled up and fell asleep.

Childhood...

And whilst I was lying on the floor, my father came in and found me.

I woke up to feel his hand on my forehead.

And straight away I smiled.

Sen geç cam kıyısına.

Bilirim bu saatte trenler tenhadır.

İkinci mevkinin yolcusu biraz daha çoktur ama, yer var otur otur. Hat boyunu sen de gör.

Ben bakmasam da, gözlerim kapalı da olsa hepsini bilirim.

Bir gün babaannem Mirlivalar'ın köşkünün konuğu bir hanımefendiyi anlatırken, 'onların yakınındaki köşk kimindi, çıkaramadım' diye konuşunca 'Selanikli İpekçizadeler'le oğullarının babaanneciğim' demiştim. Bu kadar da ezberimdedir.

Babamla Ankara'dan döndüğümüzde babaannemi, alnı ak tülbentle çatılmış, pirinç karyolasında yatar bulduk. Billur kâsecikteki ferahlama suyuna parmaklarını batırırken, "Siz mi geldiniz?' diye seslenmişti. Babam bir koşu sofayı geçip annesinin elini öpmeye davranmıştı.

Babaannemin odasının kapısı yarı aralıktı.

Tuvalet masasındaki fanuslu saat çaldı.

Ben sofanın ortasında atlas işlemeli örtüyle kaplı yuvarlak masanın altına hemen süzülmüştüm.

Köşkte öğle uykusuna yatıldığında da oraya gizlenirdim. Bükülür, yüzümü avcuma dayar,

I smile easily. But without laughter...

We didn't go to the patisserie.

My father said we had to go and catch our train.

He told me to sit by the window.

"At this time of day the trains are almost empty," he said to me.

"There are a few more passengers in second class, but there are still plenty of seats free. Sit by the window so you can take in the view."

Even if I close my eyes, I can still see everything.

Once, my grandmother was recounting a story to a lady guest at Mirlivalar villa when she suddenly stopped and asked herself: "Who had the neighbouring villa? Their name escapes me..." "They were the İpekçizade family from Salonika, Granny," I reminded her. I knew it all by heart.

When my father and I got back from Ankara, we found my grandmother in her brass bed with her forehead bound up in white muslin gauze. She was dipping her fingers into the crystal bowl full of water to freshen herself. "Is it you?" she called out. My father rushed down the hall to kiss her hand.

The door of my grandmother's room was ajar.

On her toiletry table, the clock in its glass case chimed.

boydan boya bahçeye açılan ikinci kat balkonundan taşarak sofaya uzanan yeşillikleri izlerdim. Güneşte yaprakların oynaşıp durmasına bıkmadan bakardım. Bazı günler de uyuyakalırdım. İkindiyi haber veren demlenmiş çay, sulanan ılık toprak kokusu, mutfakta koşuşturan hizmetçilerin akşamüstü hazırlıklarının gürültüsüyle uyanırdım.

O gün yine masanın oraya sindim.

Babaannemin babamı neredeyse bağırarak azarladığını duyuyordum. Babam bir şeyler mırıldanıyordu, ancak o zaman yaprakların hışırtıları, kuş sesleri öne geçebiliyordu. Ardından oğlunu yeterince dinlediğini belirten sabırsız bir sesle sözlerine girişiyordu babaannem.

"Konuşma. O kadınla... Hayır, hayır! Masum bir genç kız değil, bir kadındı o, sus ve dinle lütfen... Bu işe düşüncesizce nasıl girdin? Günahsızdı, çok gençti deme. Genç olmak özür değildir. Senin terbiyen de vardı. Bir de çocuk peydahladınız. Aldırtmadı. Kurnazdı çünkü. Mahmut Ata'yı araya filan koyduk ya... O kaçın kurrasıydı. Hayatının en büyük fırsatıydı. Hatta ancak rüyada görebileceği uzaklıkta şeylerdi. Yok, yeniden itiraz istemem. O ilk senelerdeki karşı çıkmalara asla kalkışma. Üç gündür migrenim azdı... Bu arada neler olduğunu bili-

I glided underneath the round hall table that was covered with the embroidered satin cloth.

That was where I used to hide myself while everyone else in the villa was taking their siesta. Curled up, my face in the palm of my hand, I would follow the greenery that stretched down the hall, along the second floor balcony and into the garden. And I would never tire of watching how the sun played on the leaves. Some days I would doze off to sleep. And I would only awaken with the noise of the servants preparing for the evening in the kitchen, or the smell of the warm, watered soil, or the freshly-brewed tea marking the late afternoon.

That day, once again, I was crouched under the table.

Before long, I started to hear my grandmother scolding my father. My father was muttering, and only then the rustling of the leaves and the twittering of the birds could be heard. But once my grandmother had had enough of listening to him she launched forth impatiently.

"Be quiet. With that woman... No way! She wasn't just some innocent girl, but a woman. Shut up and listen... How ever did you get yourself into all this without thinking? Don't tell me she wasn't to blame! That she was too young! Being young is no excuse. You've been brought up well. And you went and fathered an illegitimate child. She didn't have an abortion. Because she was cunning. We got Mahmut Ata to intervene. She was yor musun? Çocukla sen Ankara'dayken, utanmayarak bir de ailecek kalkıp geldiler. Önceden haber almıştım, geleceklerdi ya, yine de inanamıyordum. Konuştular: 'Barlara, kötü yollara düşecek hanımefendiciğim. Hiç olmazsa izin verin, sizin hoşgörünüze sığınsın. Kız çocuk büyütmek zamanımızda zordur. Her şeyi istiyor, heves ediyorlar. Kötü değildi kızımız hanımefendi, sadece çok gençti. Evet haklısınız kusur sayılacak kertede canlıydı. Lütfen müsaade ediniz, gelsin, elinizi öpsün, af dilesin. O razıdır. Yumuşak başlı olmayı öğrenir zamanla. Siz öğretirsiniz eminiz.' Düşünebiliyor musun lütfen, ben! Ben, nelerle karşılaşmak zorunda kaldım, düşün düşün, yaltaklanmanın böylesi mide bulandırıcı... Sus... Henüz sözüm bitmedi sus. Konuşulanlara dikkat etmelisin. Af dilemek, buraya sığınmaya kalkmak, nikah filan istememek, bir de çocuğunun dadığılını yapmasının en ehven çözüm diye ileri sürülmesi. Densizce istekler. Sıkıldığımı belli eden her davranışı gösteriyorum, gitmeyi bilmiyorlar. Pişmanmış, ağlıyormuş, tentürdiyot içerek intihara bile yeltenmiş. 'Bu hepimizin başını derde sokmaz mıymış' diye de gizli bir tehdit savurduklarında gülümsedim doğrusu. 'Öyle mi acaba?' dedim, telaşlandılar... Pişmanmış haddini bilememekten... Barlar... Bütün yaz dans etmedi mi bu sofada? Gramofon plaklar... Her world-wise. It was the biggest opportunity in her life. Even beyond her wildest dreams. No, I don't want to protest yet again. Don't try to intervene as you did in the first few years… But for three days I've had a terrible migraine. Do you know what happened? While you and the child were in Ankara, her family had the arrogance to call on us. I'd heard they might be coming, but I didn't believe it. And do you know what they said? 'The girl is going to ruin. She'll end up working the streets. Please forgive her. Bringing up a daughter isn't easy these days. They desire and want for everything. Our daughter wasn't wicked, just very young. Yes, I admit, she's lively enough for it to be considered a fault. But if you give your permission, let her come and kiss your hand, forgive her. She's willing. She'll learn to be compliant in time. You'll teach her, we're sure.' Can you believe it? Me? Just think, what I had to endure! That kind of grovelling makes me sick… Quiet… I haven't finished yet. Be quiet. Just listen to this. They wanted me to forgive her so she could come and stay here. They didn't dare ask for you to marry her. They even suggested that working as her child's nanny would be the best possible solution! What an insolent request! I did everything I could to show them I was fed up with them, but they still didn't understand I wanted them to leave. And then they started to tell me how much she regrets it, how much she cries and how she even tried to kill herself by drinking tincture of iodine. And when they tossed in their secret threat, ikindi çıkıp çıkıp geliyordu. O yaz güya ilk defa sevdalanmış... Hatta kara bir sevdadır bu inanın diye ısrardalar... Gülünç bütün bunlar dedim. Aklınızı derhal başınıza toplayın dedim... Henüz çocukmuş öyle mi dedim... Sen, Saint-Joseph'ten arkadaşların, komşularımız hanımefendilerin kızları... Bilmiyorum, onu birinizin ısrarla davet ettiği mi oluyordu ben duymadan? Aranızda cemiyetteki ait olduğu yeri, durumunu bilmeden yerinde hiç oturamayansa bir o. Neymiş dans etmeyi, şarkı söylemeyi çok seviyormuş. Halıcılar'ın Mahsultan Hanım'ın edep erkan noksanlığı, 'Efendim görseniz cin gibi akıllı, güzel, çok güzel bir çocuk. Eli ayağı ise pek zarif, kat'iyyen halk kızı demezsiniz, yanıma alıp yetiştireceğim bir çeşit famdöşambr olarak. Sevaptır değil mi... Bilhassa siz insan hallerini çok iyi anlarsınız. Korursunuz, elinizden kaç yetim gelin oldu. Davranış tutum öğrenecek. Adını da değiştirttim. Yaz sonu nüfusuma bile geçirmeyi düşünüyorum, fakat elbette önce dikkatle bakacağım, haklısınız. Her şey ona yaraşıyor. Çabuk inanıyor her söylenene belki ama öğrenir çok gençtir, adeta çocuk.' Kızın takdimi böyle yapılmıştı. Mahsultan Hanım'la geldikleri ilk gün ben de ayırt edemedimdi. Evet, bir kesim alımlı duruyordu. Çevresine bakmaktan bile kaçınmaktaydı. Ne yazık ki, bu mahcubiyeti çok kısa

'She's going to get us all into trouble', to tell the truth, I just laughed. 'Oh really!' I said. And that panicked them. They tried to tell me how she regretted it, how she didn't understand the limits... And all those bars... Wasn't it her who spent the whole summer dancing in this hall to gramophone records... And who came here every afternoon. 'That summer was the first time she ever fell in love,' they tried to tell me. And they tried to insist she was lovesick. I told them it was all ridiculous. Get your wits together, I told them... So she's still a child, is she?...You, your friends from Saint Joseph's, our neighbours' daughters... I don't know. Did someone insist on her coming here, without me knowing? In your group she was the one who didn't know her place and couldn't stay still. So she likes dancing and singing! That's the carpet-makers' Mahsultan Hanım's deficiency in good manners. 'If you saw her you'd see what a beautiful girl she is, and as sharp as a genie. Her hands and feet are graceful, you wouldn't say she was just any old village girl. Let me take her in and bring her up as a maid. It's a pious deed... Especially, as you sympathize with troubled people. You'll look after her. You've helped so many orphan girls get married before. She'll learn how to deport herself. I've even made her change her name. At the end of the summer I'm even thinking of getting it written on my identity papers. But of course, I'll have to check carefully first, you're right. You could put her to anything. Maybe she's a little gullible but she'll learn,

sürdü. Güzelliği mi? Bayağıydı. Göğüsleri, kalçaları o yaşında bile örtülür, saklanır gibi değildi... Şimdi bunca zaman sonra yeniden köşke sokacağım ha? Allah korusun. Bu alttan alışlar, ben bilirim ki sinsiliktir. Sonunda Besime Kalfa'yı çağırtıp yollarını göstermesini söyledim. Nasıl bir aileyiz, mali durumumuz, biz kimiz, kızımızın istikbali ne olacaktır diye ilkten düşünmeyerek hoppalıklarına göz yummak... Bırakmalı, bundan sonra da dans edebilir. Cayamadığı bu olduğuna göre ağlaması nedendir? Sus... Bu iş bitirilmiştir. Hayır diyorsan ki, asla... Küçük kızı ortada bırakmadık. Onunsa baba demeye ağzı pek alıştı. Büyüyor, muhakkak dikkat icabediyor. Alışkanlığını değiştirmek zahmeti de sana düşecek. Baba sözünden vazgeçmeli. Gramofon çalarak, dans ederek geçirilen o yazın sonunu düşünmek mecburiyeti bir benim olmamalı. Seni ancak ve ancak bağışladım. Sen mi zorladın onu kameriyede? Öyle bile olsa karşı koysaydı. Genç kızların kendilerini kolayca vermeleri aşktan mıdır? Bu ayak takımının hesapları bambaşkadır. Bizlerin aklı ermez..."

Babam konuşuyor olmalıydı ki sesler sönmüştü.

Babaannemin yatağından indiğini somyanın gıcırtısından anlamıştım.

she's very young, she's virtually a child.' And that's how they introduced her to me. On the first day, when she came along with Mahsultan Hanım, I couldn't tell either. Yes, in one sense she was attractive. She even refrained from looking around her. What a shame that this modesty didn't last long. Her beauty? It was common. Her breasts, her hips, even at her age, were too large to be covered or hidden. And now, after all this time, she thought I'd let her in the house again. God forbid! I know these cunning people. In the end I called Nurse Besime and told her to send them on their way. They ignored their daughter's loose morals without considering who they were and what her future might be. She can please herself now. What's the point of crying if this is the way she behaves. Quiet… It is finished. And if you try to dispute it… We haven't left that little girl to her fate. But she's got too used to calling you father. We ought to take care as she is growing up. It's up to you to make her break the habit. She has to give up calling you father. I shouldn't be the only one having to deal with the consequences of a summer spent playing gramophone records and dancing. I've only conditionally forgiven you. Now, did you force her to make love to you in the arbour? Even if you did, she could at least have resisted. Young girls don't give themselves up that easily, even from love. But the lower classes have a different way of thinking which never crosses our minds…"

Oda kapısına yürürken de konuşuyordu.

"Elbette Dilara'yla evleneceksin. Siz yoldayken Ankara'dan Süreyya Hanımefendi telefon açtılar. Seni pek beğenmişler. İsteklidirler. Kıza sorulmuş, hoştur demiş. Babası sefirdir biliyorsun. Dilara, sen Mülkiye'de tahsil ederken, İsviçre'de tahsildeydi. Dört yaş küçüğündür. Bir hariciyeci için ideal bir zevce. Biz büyükler aramızda biliyoruz o nahoş konuyu. Açıkça konuşulmadıysa da. Yok olup gidecek bir olayı, hatta olay bile denemeyecek bir gençlik şaşkınlığını Dilara'nın öğrenmesi icap etmiyor, unutma. Dikkat edilecektir. Senden de bunu isterim. Bak epey zaman var ki seni bunaltmadım, sabırlı olmayı bildim. Kaç yaz vardır, ya Cercle d'Orient ya da Atçılık Kulübü'nde geçirdin zamanını. Ankara'yla olan işlerini ise titizlikle sonuçlandırdılar. Bunda Süreyya Hanım'ın büyük âlicenaplığı olmuştur, unutmayalım. Hayat öyle on sekiz yaşların kafasıyla yaşanmaz, öğreneceksin. Alışkanlıkların, yol yordam bilmenin usulleri, neredeyse kişinin doğuştan ailesinden kanına geçer... Ben kötü olmayacak kadar soyluyum. Unutma, yeniden söylüyorum. Onur, umur görmüş bir aileyle akraba olacağız. Seçilmiş münasebetler bahtiyarlığın asıl temelidir. Aylarca sinir nöbetleri geçirdim. Doktor Simon Bey bile çözemedi. Her şey şimdi ancak yolundadır. Herkes yerini

I could no longer hear anything. The voices faded, my father must have been speaking.

I heard the creaking sound of the mattress. My grandmother must have got out of bed.

As she walked towards the door she spoke.

"Of course you will marry Dilara. Whilst you were on the way back from Ankara, Süreyya Hanım rang. They took quite a liking to you and want you to marry their daughter. They asked their daughter and she said that she liked you. You know her father's an ambassador. While you were studying for the civil service, Dilara was studying in Switzerland. She's four years younger than you. She would be an ideal wife for a member of the foreign service. Her parents know about your unpleasant affair. Even if they don't speak openly of it. It'll be forgotten. It's not even anything important, just a folly of youth that Dilara doesn't have to know about. Don't forget that. You must be careful. That's what I ask of you. It's a long time since I insisted on something. I've been patient. How many summers did you pass at the Cercle d'Orient, or the equestrian club? As for your business in Ankara, it's been taken care of. Let's not forget that Süreyya Hanım has been extremely magnanimous towards us in this matter. You will soon learn that life can't always be lived in the way that an eighteen year old might wish it to be. You inherit habits and good upbringing from your family. And I'm from a family that can do no harm. Don't

buldu, asla unutma... Dilara'nın annesi ise serasker torunudur. 'Gençliktir, hoş görmeliyiz hanımefendiciğim' dedi. Ne kadar titizlik etmişsem de demek ki bu mevzu Ankara'da dahi konuşulmuş. Dün akşamüstü de ben telefon açtım. Hal hatır sohbetine başladık. Zeki kadındır, lafı o getirdi. 'Hafifmeşrep kızlar, hoppa hanımlar olmasa delikanlılarımız kendilerini nasıl bilecekler, değil mi büyük hanımefendiciğim?' dedi. İsteklidirler. Kimler olduğumuzu da önemimizi de biliyorlar elbette. Yalansız girdik işe. Fakat yeni bir hatayı bilesin kaldıramam. Bakkal amcası, iplikten çoraplı anası, ceketinin kolları parlamış ezik, küçük memur babası içyağı kokuyorlardı. Üstelik kız da değilmiş. O yaz ortaya çıkmadan önce, yel değirmeninde bir muhasebeciyle düşüp kalktığını ise bütün Kadıköy biliyor."

Babaannem oda kapısını kapatırken birdenbire sesinin çığlıklara dönüştüğünü duymuştum.

"Çocuk için karar verildi. Aynı sözleri, aynı saçmalıkları ortaya atamazsın. Sus... Uzatma, sus..."

Başımı masaya çarpmıştım.

Sesler birden kesilmişti.

Cama vuran bir arının vızıltısını, ardından bir

forget, I'll say it again. You will marry into a dignified and important family, and well-chosen relations are the foundation of happiness. For months I suffered from attacks of nervousness which even Doctor Simon was unable to cure. But everything is taking shape now. Everyone's found their place, and the mistake's been rectified. Disorderly desires and feelings are not love, don't forget that... Dilara's mother is the granddaughter of an Ottoman commander in chief. 'It is youth, something we may overlook,' she said. However much I've tried to keep it quiet, it's still being talked about in Ankara. Yesterday evening, I phoned them. We started off with formalities, but she's an intelligent woman. It was she who broke the ice when she said: 'If it weren't for dissolute girls and loose women, how would our young men ever learn?' They've made up their mind. And of course they know who we are and our importance. We've entered into this arrangement honestly. But let it be known, I couldn't tolerate another mistake. Her grocer uncle, her mother in threadbare socks and her small, crushed minor civil servant of a father with the arms of his jacket all shiny... They all smelt of suet. And above all, she's not a virgin. All of Kadıköy knows the story of how she tumbled with an accountant in Yeldeğirmeni, before she showed up that summer."

As my grandmother shut the bedroom door, I heard her raise her voice.

çayır kuşunun kesik, telaşlı ötüşünü duymuştum.

Babamın beni otel odasında bırakıp nereye gitmiş olduğunu, dinlediklerimle bağdaştırıp anlamaya çalıştımsa da anlayamamıştım.

Bizim Ankara dönüşümüzün ertesinde, yakın köşk tanışlarının konukluğumuza geldikleri akşam çayları birkaç gün yapılmadı.

O gece yatarken, kendi sesimle uyanmıştım.

Katıla katıla ağlıyordum.

Hıçkırıklarımı bastıramadığımdan, korkudan da tıkanıyordum. 'Anne, anne' diye bağırmaya başlamıştım. Çerkez Kalfa Besime yetişip odama girmiş, beni kucaklayarak babamın yatak odasına götürmüştü.

Odaları babaannemle yan yanaydı.

Yatak takımı gül ağacındandı.

Pencereleri üç taneydi.

Üstünde, karşılıklı duran "vazoda çiçekler modeli" işlenmiş ağır dokumalı tül perdeler asılıydı.

Yer halısı ipekti.

Ne zaman koşmaya davransam, halı kayar, ben de düşerdim.

Sarıldığımda babam, limon kolonyası karış-

"It's already been decided for the child. Don't bring up the same words and the same rubbish. Quiet... Don't go on, be quiet..."

I hit my head on the table.

And suddenly it all went silent.

I heard a bee fly into the window and the clipped flurry of a lark's song.

From what I'd overheard, I tried to figure out where my father had gone that morning when he left the hotel, but I couldn't.

For a few days after our return from Ankara, the usual tea parties with guests from the neighbouring villas didn't happen.

That night, in bed, I woke up to the sound of my own voice.

I was crying and out of breath.

I couldn't control my sobs and I was choking from fear. "Mummy, Mummy," I had begun to cry. Nurse Besime came into my room, and cradling me in her arms, she took me to my father's room.

My father's room was right next to my grandmother's.

The bedroom furniture was made of rosewood.

And there were three windows.

Over them hung fine silk curtains embroidered with a pattern of flowers in a vase.

mış, yeni ütülenmiş sıcak pike kokardı. Gözlerimi yumup kıpırtısız kalırdım.

Köşkün yatağı, yorganı, yastıkları, örtüleri, yemek takımları pike, ham ipek, keten kumaşlardandı. Bilemezsin yıkanmış, güneşte kurutulmuş çamaşırların ütülenince saldığı kokuyu duymalı...

Çatıdaki ütü odasına yan yana sıralanmış koca sepetlere katlanıp yerleştirilen beyaz çamaşırlardan, ütülenince saf sabun, yeniden buharlaşır, yayılırdı çevreye. Haftada iki kez ütü yapılırdı. Ben o günler oradan ayrılmazdım. Yüreğim heyecanla dolardı. Bir de köşkün çift mermer kurnalı hamamı yakıldığında içim sevinçle kabarırdı. Başımı sabunla köpürtüp duran Çerkez Kalfa Besime'nin 'vah yavrucak vah, anasına da benzemedi ki, güzel de olmayacak vah' demesine hiç aldırmazdım. Kız güzeldi Allah için... Köşke ilk geldiği gün, biz bile kadınlığımızla bakıp bakıp maaşallah demiştik. Yapıncak üzümü gibi kınalı, kolunun bacağının sarı ayva tüyleri henüz düşmemiş, gepgenç bir kız, adeta çocuk. Sesi de dokunaklıydı. Küçüktü ya, her şeyi, göğsüydü, kalçasıydı oluvermişti kadın gibi. Üstünü görmüştü besbelli. Mahsultan Hanımefendi'ye başvurmuştu ailesi. Anlatıyordu. Okutun adam edin, hizmetinin karşılığı bu olsun diye ricacı olmuşlar. Mahsultan Ha-

The carpet on the floor was silk.

And whenever I rushed about, I would slip on the carpet and fall over.

My father took me in his arms; he smelt of lemon cologne and newly ironed hot piquet. I closed my eyes and didn't move.

The sheets, quilts, pillows, covers, and tablecloths in the villa were all made from piquet, silk or cotton. And you should have smelt the newly-ironed sheets once they'd been washed and dried in the sun...

The ironing room was on the roof, and next to it were the large baskets with the folded white sheets. And when they were newly steamed and ironed they would give off the smell of soft soap. The ironing was done twice a week and I would never miss it. My heart would be full of excitement, and whenever they lit the stoves of the villa's twin marble-basined bathroom, I would be filled with joy. As Nurse Besime would shampoo my hair, I wouldn't take any notice when she said: "Oh what a pity, my little one, you're not like your mother, you won't be beautiful, oh what a shame. That girl was really beautiful. The first day she came to the villa, even the women stared at her in admiration. There were no signs of juvenile hair on her arms and legs. She was a very young girl. Almost still a child. Even the tone of her voice was bewitching. Although she was small, her breasts and her hips were like a woman's. But it was obvious she had started having nımefendi kısırdır, herkes bilir ya...

Çerkez Kalfa Besime'nin çenesi nedense hamamda hiç durmazdı. Beni bastıra bastıra ovup arıttıktan sonra, uçları simli çift peştamala sarar, odama götürürdü.

'Haydi bir başına giyinmeyi dene bakalım' derdi. 'Öğren bunları... Hiç belli olmaz, hiç belli olmaz.'

Babamın odasına girdiğimizde yatağından doğrulmuştu.

'Nedir, ne oluyor?'

'Küçükbey susturamadım. Büyük hanımefendi ilacını alıp yeni yattı. Gürültü olmamalı diyerek de tembihledi. Affedersiniz.'

'Peki, gelsin.'

Onun yatağına ilk kez giriyordum.

Kıyısı dantelli yastığı eliyle kabartarak, 'Yat bakalım küçüğüm, fakat ağlamak yok e mi?' dedi.

Boynuna sarıldım. Güneşte kurumuş, kar beyazı çamaşırlar benzeri kokuyordu, o.

Uyanıktı.

Ben de uyuyamıyordum.

Babam, otelde geçirdiğimiz geceki gibi konuşkan değildi.

her periods. It was her family who brought Mahsultan Hanım here. They explained what they wanted. Educate her, bring her up well, that was all they asked for in return for her services as a servant. Mahsultan Hanım is barren, everyone knows that."

When we were in the bathroom, Nurse Besime's jaw never stopped. After scrubbing me clean, she would wrap me in a double waistcloth gilded with silver on its hem and take me to my room.

"Come on, let's see how you get dressed," she would say. "Learn these things... You can never be sure."

When we went into my father's room, he sat up in bed.

"What's this? What's all this?"

"The lady's taken her medicine and has gone back to bed. She warned us not to make any noise. But I couldn't get the girl to keep quiet. May I leave her with you?"

"Let her come in."

It was the first time I had got into my father's bed.

Covering the embroidered hem of the pillow with his hand, he said, "Come into bed. But no crying, OK?"

I wrapped my arms round his neck. He smelt of the snow-white sheets that had been dried in the sun.

He was awake.

Sessizce yatıyorduk.

Elimi boynunda dolalı tutabilmek için yan duruyordum.

Kaç saat geçti bilmem.

Kirpiklerimin arasından sabahın ilk ışıklarıyla mavileşen perdeleri gördüm.

Denizin babamın yatak odasının camına dayandığını düşündüm.

Yüzünü aradım onun.

Sırtüstü yattığından, bıyık bırakmaya başladığını da ilk o gece anlayıverdim.

Dudaklarının üstündeki gölgeler koyulmuştu.

Kirpikleri bence bir erkeğe aykırı sayılacak kadar uzundu, kıvrıktı.

Benimkiler düzdür.

Bir ara bana baktığını sezip hemen gözlerimi yumdum, uyumuştum.

Uyandığımıda kendi yatak odamdaydım.

Sonraları daha iyi anladım.

Orta katta, kullanılan beyaz çamaşırlar için ayrılmış bölümdü yatak odam. Benim için boşaltılmış olmalıydı. Dar, tek pencereli, uzunlamasına bir odaydı. Karyolam camı ortalayarak yerleştirilmişti. Pencereme yakın kara dut ağacının dağınık taze dalları, yeni sürgün yaprakları

I couldn't fall asleep either.

My father wasn't as talkative as he had been in the hotel.

We lay there in silence.

I lay on my side so that I could keep my hand wrapped round his neck.

I have no idea how many hours passed like this.

From between my eyelashes I saw how the first light of dawn brightened the blue of the curtains.

I imagined the sea washing at the window panes of my father's bedroom.

I examined his face.

He was lying face up, and that night was the first time I realized he had started to grow a moustache.

It formed a shadow over his lips.

His eyelashes, I thought, were long for a man's. They were curly.

Mine were straight.

Then meanwhile, he turned to look at me and I closed my eyes. I must have fallen asleep.

And when I woke up I found myself once again in my own bedroom.

Only later I understood.

lodoslarda eğilip camımı okşardı. O dokunuşları dinlemeye doyamazdım. Yumuşak bir kucakta sallanırmış gibi oyalanırdım. Odama girince beş altı adımda karyolama varırdım. Üstünde örtüsü gerili, yanında hazeren bir iskemle dururdu. Gömme dolabın kapaklarını çıkardıklarından, fildişi rengi dantel örtülü raflarında bana ayrılan havlular, iç çamaşırları, peştamallar, bir de Bursa işi çocuk bornozu vardı. Babamın o yaz sıkıntıdan bir ara Çelik Palas'a gittiği söyleniyordu. Bu da babaannemin konuklarıyla sürdürdüğü yaz akşamlarının sohbetlerinden almayı başardığım haberlerdendi. Pembe bornozu onun Bursa dönüşü getirdiğini bana söylemediler ama, ben zaten öğrenmiştim. Bir de elektrik kesildiğinde yakılan turuncu fanuslu çifte lamba dururdu raflarda. Odam sıcaktan gevrekleşmiş kayısı gibi kokardı. Mutfakta, kuzinede reçel, tatlı kaynatılınca aynı koku köşkü sarar, bahçeye bile taşardı.

Uyandığımda korkuyla neredeyim diye bakınmıştım.

Babamla geçirdiğim geceyi düşününce de sevinçle toparlanmıştım.

Trende üst üste, otelde yan yana yataklarımız olmuştu.

O gece de beni karyolasına alıp, boynuna sarılmama izin vermişti.

My bedroom was on the middle floor and had once been the room where the bed linen was kept. They must have moved it to make way for me. It was a long, narrow room with a single window against which my bed was centred. Outside, there was a mulberry tree, and whenever the southwest wind blew, its scattered branches with their newly-opened leaves would brush against the window pane. I loved to hear that sound. It was like being wrapped in a soft embrace. When I walked into my room, in five or six steps I arrived at my bed. The bedcover was stretched tight and beside it there was a stool. The wardrobe was recessed into the wall, and inside, on the shelves draped with ivory-coloured doilies, were my towels, underclothes, waist-cloths, and a child's bathrobe from Bursa. I heard that my father had gone to stay in the Çelik Palas Hotel for a while to escape the boredom of the summer. It was one of the things I'd picked up from my grandmother's summer evening conversations with her friends. They didn't tell me that he had brought back the pink Bursa bathrobe on his return, but I found out anyway. And for whenever the electricity was cut off, there was a twin orange lamp in a glass-case that stood on the shelves. My room smelt of sun-dried apricots. And whenever the jam or the sweets were boiling on the hob in the kitchen, the smell infused the whole villa and even the garden.

When I woke up I would always be frightened, and I looked around me to discover where I was.

Köşkte ses yoktu.

Yeniden yatıp gözlerimi yumdum.

Kapım yavaşça aralanmıştı.

İşli satenden gülkurusu rengi yorganımı sıyırıp baktım.

Çerkez Kalfa Besime, birbirine yakın ışıksız kara gözleri, uzun dar dik bedeniyle içeriye yarı yarıya eğilmiş beni gözlüyordu.

İyi misin kızım?

İyiyim efendim.

Uyandın mı? Saat öğleyi geçiyor. Büyükhanımefendi Beyoğlu'na terzisi Madam Fotina'ya ve şapkacısına gitti. Tembihledi, bırakın uyandırmayın çocuğu diye. İkindi oluyor, haydi kalk.

Hava bulutlu olmalıydı, güneş yoktu. Kara dut ağacının gölgesi perdeme düşmüyordu.

Çerkez Kalfa Besime rastık karası saçları, üstünden yaz boyu çıkarmadığı el işi, çağla rengi floş yeleğiyle, beni kucakladı, iskemleye oturttu, giydirmeye başladı.

Beni temiz giydirirlerdi.

O yazdan önceki kışları pek açık seçik çıkaramıyorum ya...

Babamla geçen tren yolculuğunun yazı bambaşkaydı.

But whenever I recalled that night I spent with my father, I was happy.

On the train our beds had been one above the other; in the hotel they had been side by side.

That night he had let me climb into his bed and wrap my arms round his neck.

There was silence in the villa.

Once again, I went to bed and closed my eyes.

My door was slightly open.

I pulled off my satin, rose-coloured quilt and examined it.

With her close-together, dark, unglimmering eyes, and her straight, long, thin body, Nurse Besime, bent down to look at me.

"Are you all right, my girl?"

"I'm fine."

"Are you awake yet? It's past midday. Your grandmother has gone to Beyoğlu, to the milliners and to the dressmaker, Madam Fotina. She told us not to wake you up. But it's the afternoon. Come on, get up."

The sun wasn't shining and I guessed that outside the sky was cloudy. The mulberry wasn't casting a shadow on my curtains.

With her jet-black hair, Nurse Besime took me into her arms. She was still wearing that green embroidered

Ve her şey hayatımda o yıl oldu biliyorum.

Nedir dersen, pek çok şey sanırım.

Yazlıklarımı anlatayım sana dinle...

Giydiklerimin hemen hepsi beyazdı, Fransız pikesinden yapılmıştılar. Üç taneydiler. Bahriye yakalısının önündeki ipekten kordelası lacivert, havuz yakalısının etekleri pilili, kayısı renginin en uçuğundan dikilmişti, eteğiyle yakası margarit, deseni aplikeliydi. Nisandan hazirana tek atkılı, kara rugandan pabuçlarımı giyerdim. Temmuz başını bulduk mu ortaya sandaletlerim çıkarılırdı. Üstten göz kesimi çift delikli, astarsız, krem rengi, yumuşacık deridendiler. Üstümü kirletmezdim. Sıcakta gevşeyen olgun hokka güllerinin hanımelleriyle geçişerek sarmaladığı kameriyenin oraya gider, arada bir bahçeyi yoklayan esintinin sarstığı güllerin, hanımellerinin beni yarı uykulu yapan kokularının dağılışını içime çekerdim. Kameriyenin ferforje iskemleleriyle masasının üstünde geceden kalma çiğlerin nemine uzanıp bastırırdım avuçlarımı.

Babaannem orada oturmayı sevmezdi. 'Rutubetlidir, sağlığa zararlıdır, güneş almaz, kaldırtacağım zaten efendim.' derdi.

7.30 banliyösünün sesi duyulduğunda, ayrılmak için izin isteyen konuk hanımefendilere, floss-silk waistcoat. She set me down on the chair and started to dress me.

She used to dress me in clean clothes.

I don't have any vivid memories of the winters before that summer.

But that summer I made the train journey with my father was different.

Everything that has happened in my life, happened that year.

Such as? A lot, I would say.

Let me tell you about my summer clothes:

Nearly all of them were white and made of French piquet. I had three different outfits. The one with the sailor's collar had a deep blue silk ribbon. The one with the loose neck had a pleated fringe and was a pale apricot colour. The fringe and the collar were embroidered with a daisy design. And from April to June, I would wear a shawl and black leather shoes. And from the beginning of July, my sandals would come out. Their uppers had two holes, the shape of eyes, and they were made of soft cream-coloured leather without a lining. I would never get my top dirty. In the heat I would go and sit in the arbour where the roses and honeysuckle climbed over. There, I would breathe in the smell of the honey-suckle and it would make me drowsy. Every now and then, the roses would nod in the light breeze that blew

'Acele etmektesiniz. Güneş hâlâ yüksektedir. Hem efendim, gidilecek yerler uzaksa da...' deyince babaannem, birlikte gülüşürlerdi.

Ağır şık giyimleri, incileri, bilezikleri, elmasları, pırlantalarıyla, saçları permanantlı bu hanımlar, rujlu dudaklarının daha aklaştırdığı dişleriyle, yeniden ölçülü bir gülüş sunarak, babaanneme teşekkürlerini belirtirlerdi.

'Sizin bahçenin sihrine hakikaten doyulmuyor efendim. Yarın akşam acaba Moda Kulübü'ne bir uzansak mı, ne dersiniz?' diye sorarlardı.

Konuklar için hazırlanmış mevsim reçellerinin paylaştırıldığı küçük porselen tabakları, gümüş çay takımını, kekleri, pastaları, meyve jölelerini, şekerdanlığı toplardı yardımcı kızlar.

Ben büyüklerin '7.30 banliyösü geldi, vakittir.' demelerine bakıp, pek çok akşam babamın o trenden çıkacağını da öğrenmiştim.

Köşkün bahçe kapısına dönük köşesinde sessizce beklerdim.

Büyük tahta kapının süslerinden kızıllaşarak elenen güneşin ışıkları içinde, ağır ağır açılmasıyla üstten takılı çıngıraklar tınlamaya başlardı. Babam ince uzun bacakları, hafif terli gepgenç yüzüyle, çimenlerin, hüsnüyusuf kümelerinin, aslanağızlarının iki yandan sınır through the garden. And putting the iron chair on the table, I would reach up and collect the dew in the palm of my hand.

My grandmother never liked to sit there. "It doesn't get any sun, it's damp and bad for your health. I'm going to get it taken down," she would say.

When my grandmother heard the sound of the 7:30 commuter train, she knew her guests would be wanting to leave and she'd say to them, "You've got to rush. The sun's still high. And although you've got a long way to go…," and they would all smile at one another.

And these women, with their fashionable clothing, their pearls and bracelets, their diamonds and their permed hair, their rouged lips which made their teeth look all the whiter, and their constant smiles, would thank my grandmother.

"We never tire of your garden's secrets. What would you say to going to the Moda Club tomorrow evening?" they would ask.

The servant girls would collect together the various seasonal jams on their respective porcelain dishes, the silver tea set, the cakes, the fruit jellies and the sugar bowl.

I had also learned to wait for the grownups to say, "That's the 7:30 commuter train, time to go", since I knew that my father would often get off that train.

çektiği yolda birden görünürdü. O, bir şeyi çekip iterken, kaldırırken ya da açarken bütün bunları isteksizce yaparmış gibi yumuşacık kullanırdı ellerini. Saklandığım yerden fırlar, köklendiğinin ertesi, boy atan ısırganların, bodur dikenlerin dalamasına aldırmadan ona koşardım.

Kuşların, gizli böceklerin dışında hiçbir canlı şeyin olmadığı o dar yolda beni nedense görmezdi babam. Oysa o yaz onu en az altı yedi kez karşılamıştım. Köşke dönüş saatleri aslında belirsizdi. Kimi günler odasında kaldığını, gazeteleri, kahvaltısını, öğle yemeğini yukarıya çıkardıklarını, yatağında dinlenerek vakit geçirdiğini, gün batımına yakın telefonla arayan arkadaşlarını köşke davet ettiğini öğrenirdim. Onlar için hazırlanan çay masasının çevresinde toplanacakları ana kadar yerimde duramaz, 'kavruk bir çocuktan umulmayacak bir şekilde koşturup duruyor efendim,' dedikleri gibi, mutfak, bahçıvan evi, kameriye üçgenindeki gidiş gelişlerimi kesmezdim. Bu ortalıkta fazlaca dolanmam babaanneme iletilirdi.

Peki, gürültü yapmıyorsa?

Büyükhanımefendiciğim, ter içinde kalıyor efendim. Sırtına mendil koydurtmuyor, durduramıyoruz ki... Sonra Küçükbey'in arkadaşlarını bilirsiniz ikramı farklıdır. Eksik bir şey olursa

I would wait silently in the corner facing the garden door.

The sun shone on that big wooden door and bathed the ornaments in a red light. There were some small bells fastened to it, and as the door was pushed open, they started to ring. My father would come into view, his long, thin legs and young, slightly sweating face, framed by the lawn, the sweet william and the borders of snap-dragons. Whenever my father was pulling or pushing something, lifting or opening, his hands would work softly and effortlessly. I would leap out of my hiding place and run towards him without even caring about being stung by the nettles which were now growing taller.

On that narrow path there were no other living things except the birds and the insects that were hidden away, but somehow or another, my father never saw me. Nevertheless, that summer, I ran to meet him at least six or seven times. But, I could never be sure when my father was due home. I knew that some days he stayed in his room, had his newspapers, breakfast and lunch taken upstairs while he rested in bed. When his friends rang up towards sundown, he would invite them to the villa. I wouldn't stay still until they gathered around the tea table prepared for them. I would ceaselessly move in a triangle between the kitchen, the gardener's hut and the arbour. The servants would think how amazing it was that such a small child had so much energy. Then they would complain to my grandmother.

kızabilir efendim.

Hem düzgün hazırlayın her şeyi, hem de çocuğun sırtına mendil koyunuz. Başka işiniz nedir?

Sonra üç dört genç adam çıkageliyordu. Açık renk giyimleri, ince iskarpinleri, ipek gömleklerine işlenmiş ad soyadı baş harfleri, düzgün saçları, çapkın bir neşeyle dolu yüzleriyle çay masasının çevresinde toplandıklarında, onları o kadar genç, uçarı görüyordum ki... Şaşıyordum. Ve yukarıdan ancak öyle günlerde, yüksek sesle çalınmasına izin verilen radyodan dağılan müzik, bu genç adamları sanki daha da güzelleştiriyordu.

Çünkü babaannem, yerli yersiz müzik çalınmasına karşıydı. Bunun başını ağrıttığını söylüyordu.

Babam köşkten çıkıp gittiğindeyse, kendimi sabırla onun dönüşüne hazırlıyordum. 7.30 banliyösünden indiği günlerde, soluk soluğa bekliyor, bacaklarımın olanca gücüyle, her şeyi göze alarak fırlıyor, ona sarılıyordum.

'Dur bakayım yaramaz' diyordu, 'düşeceksin' Parmak uçlarıyla belli belirsiz başımı okşuyordu.

Babaannemin sesi ötelerden hemen bize ulaşıyordu.

"But if she isn't making any noise?"

"She's sweating though, Madam. And we can't even catch her to put a handkerchief on her back. And you know how fastidious the young sir is in showing respect. And if there's anything missing, he'll be furious."

"Prepare things properly and put a handkerchief on that child's back. What else have you got to do?"

Later, three or four young men would arrive. They wore light-coloured suits, thin shoes, and silk shirts with their initials embroidered on them. They had straight hair, and they sat round the tea table with rakish good humour. They were so young and debauched-looking that I was shocked, and the loud music coming from the radio, which was approved of from above only on such occasions, seemed to make these young men even more handsome.

Because my grandmother was against playing music without a reason. She said it gave you a headache.

And if my father went out, I would prepare myself to wait patiently for his return. On the days when he got off the 7:30 train, I would wait with baited breath, mustering all the strength in my legs, ready for anything, and then I would leap out and wrap myself round him.

"Look out, my little rascal," he would say. "You'll fall." And he would stroke my head with the tips of his fingers.

And then we would hear my grandmother:

Sen mi geldin? Trenle mi?

7.30 banliyösüyle anneciğim.

Arabayı yine mi almadın?

Biliyorsunuz efendim, bu sıcak aylarda, Saint-Joseph'ten beri treni tercih ederim. Alışkanlık oldu.

Babaannem, aynı kesim kloş etekli, üstten bol tutulmuş yalnız kumaşları değişik, yazlık giyimlerinin tek süsü pırlantalı yaka iğnesiyle çay masasının başında, önündeki üç katı da dolu porselen meyvelikten üzüm tanelerini koparıp yiyerek oğlunu beklerdi.

Ben babamdan yavaşça uzaklaşır, geride kalırdım.

Sonraları 7.30 banliyösünün düdüğünü duyduğumda babamı karşılamaya koşmadım.

Sindim bekledim.

Köşkün güzel bahçe kapısının açılışına, onun yürüyüşündeki uyumlu yumuşaklığa bakmakla yetindim.

O annesine yaklaşıp elini öper, alnına koymazdı.

Gündelik şeyleri konuşmaya girişirlerdi.

Bir ara gözleri bana rastladığında, kimsenin seçemeyeceği çabuklukta, kışkırtıcı bir göz kırpmayla, kaçamak bir şekilde gülümseyiverirdi.

"Is it you? Did you come back by train?"

"The 7:30, Mother."

"You didn't take the car this time either?"

"You know I've always preferred to get the train when it's hot. Ever since St. Joseph's. It's just out of habit."

All my grandmother's summer clothes had the same cut – cloche skirts with fitted tops – and only the material would change. In her summer dress, her only ornament was a broach set with brilliants. She would sit at the head of the tea table, and in front of her would be a three-tiered, porcelain fruit dish. And while she waited for her son, she would break off the grapes one by one and eat them.

I used to drop back from my father and hang around behind him.

Later, when I heard the whistle of the 7:30 train, I wouldn't run to meet him.

I waited crouched down.

And when the villa's beautiful garden door opened, I was happy to watch his soft rhythmic steps.

He would go up to his mother and kiss her hand, though he wouldn't touch her hand to his forehead.

And then they would start to talk over the events of the day.

Beni severdi, biliyor musun, severdi, sahiden severdi. Fakat çok gençti, ona dayatılanlara karşı koyamıyordu, herkes öyle konuşuyordu, 'Küçükbey o yaz çocuktu açıkçası. Sesi bile henüz kendini bulamamıştı. Doğrusu kolaylıkla kandırılıp baştan çıkarılabilirdi.

Annesi de yumuşak bir anne değildi ki... Büyük bir hanımefendiydi.

Çerkez Kalfa Besime beni giydirip aşağı indirdiğinde, sanki bacaklarım tutmuyordu. Ayaklarımı sürüyordum.

'Ne oluyor sana çocuk?' demişti. "Şımarıklığı bırak, yeri değildir, işim var.'

Akşam çayı konuklarının ağırlandığı bahçedeki mermerden koca bir sofayı anımsatan alanda kurulu masada kahvaltım duruyordu. Bir bardak, iki reçel tabakçığı, üç cins peynirin sıralandığı büyük piyata tabak, suya bırakılmış tereyağı, gümüş kabında yumurtam, üstü peçeteyle örtülmüş kızarmış ekmek sepeti.

Çerkez Kalfa Besime, beni koltuk altlarımdan havalandırıp iskemleye yerleştirmişti.

Çay içeriden getirilip önüme konmuştu.

Öğle sıcağının toprağa alçalmasından ötürü kuş sesleri seyrelmişti.

Then before long, his eyes would fall on me, and he would wink and flash me a smile as if he were about to run off with me.

He loved me. You know, he really did. He really loved me. But he was too young and he couldn't stand up to those who insisted. They used to say he was still a boy; that even his voice hadn't broken; that he could easily be convinced to change his mind.

And his mother was not a soft woman. She was a most formidable lady.

Nurse Besime dressed me and took me downstairs. It was as if my legs had stopped working. I was dragging my heels.

"What's up with you child?" she said. "Don't behave like a spoilt child. It's not the right place. I've got things to get on with."

My breakfast was laid out on a table set in a place in the garden that looked like a big marble hall. That was where the guests at the evening tea parties were entertained. There was a glass, two small plates of jam, and three types of cheese lined up on a large, flat plate. My egg was in a silver egg cup and there was a basket of toast covered with a handkerchief.

Nurse Besime lifted me out of the armchair and seated me down on the chair.

Hiçbir şey yiyememiştim.

Lokmalarım ağzımda büyüyor, avurtlarımı doldurup geriyordu.

'Haydi' demişti, 'bitir kahvaltını.'

'Beni babamın yanına götürmüş müydün dün gece Çerkez kalfacığım?'

'Nereden çıkmakta bu laflar çocuk? Kim seni Küçükbey'in yanına götürmüş? Rüya görmüşsün. Kahvaltını bitir bakalım. Öğle oldu.'

O gece beni yatmaya çıkardıklarından çok sonra dönmüştü babaannem.

Karşı yatak odasında gidiş geliş kesilmemişti. Kalfa, hizmetçiler, yardımcılar, hatta bahçıvan koşuşturmuşlardı. Ağır eşyaların çekilmesine benzer uğultular olmuştu köşkte.

Sonra sessizlik...

Gece kuşunun ötüşünü duymuştum.

O bizim ağaçlarda tünemezdi. Yan köşkteydi. Orada, ellerinde meşaleler tutan, göğüsleri bitmemiş, mermerden, çıplak iki kız heykeli de vardı.

Ertesi sabah kalktığımda babaannemi beni kahvaltı masasında bekler buldumdu.

Üstünde kol yenleri çok bol, ağır mavi birmandan, morları, sarıları gözalan papağan desenli bir sabahlıkla oturuyordu. Hep topladığı

The tea was brought out from inside and placed in front of me.

The birds had ceased chirping as the midday heat descended.

I couldn't eat anything.

The morsels got bigger in my mouth and filled out the hollows of my cheeks.

"Come on," she said. "Finish up you breakfast."

"Did you take me to my father's bed last night?"

"Where did you get that idea from? Who would have taken you to the young bey? You must have been dreaming. Finish up your breakfast. It's already noon."

That night my grandmother returned long after they had taken me up to bed.

The to-ing and fro-ing in the bedroom opposite hadn't ceased. The nurse, the servants, the helpers and even the gardener went hither and thither. It sounded like furniture was being moved around in the villa.

And then there was silence…

I heard the hooting of an owl.

It was perched in a tree, in the garden of the villa next door – the same garden where there were two statues of naked girls made from marble and holding torches aloft. Their breasts were unfinished.

saçlarınıysa, alnından geriye doğru tarayıp salmıştı. Onu ilk kez böyle görüyordum. Genç bir kadını andırıyordu.

'Gel bakalım' demişti. 'Dün yemeğini yememişsin. Olur mu? Haydi, bu sabah yumurtanı da bitireceksin, göreyim... Küçük lokmalar alıyoruz değil mi, hani öğrenmiştik...'

Kahvaltıyı yaparken hiç konuşmamıştık.

Güllü kameriyenin orada bir ötleğenin ara sıra şakımasını dinledik.

Köşk sessiz, kimsesiz gibiydi.

Ben babaanneme pek de benzemeyen bu kadınla karşılıklı oturup duruyordum.

Tereyağlı son dilimimi de bitirirken babaannem, bahçe koltuğuna salınmış gevşek vücudunu hafifçe toplayarak, ardındaki çakıllarla bölüntülenen öbekten yükselen ıtır azmanından parmaklarını geçirip, burnuna götürüp koklamış, sonra derin bir soluk almıştı.

'Oldu' demişti, 'Gördün mü işte, aferin. Böylesi yaraşır sana. Fiyatlara dair fikrin olsa, önüne konan her şeyi yerdin. Bugün ne yapmayı düşünüyorsun bakalım, anlat bana.'

Heyecanlanmıştım, kızarmıştım. O soru sormaz, yalnız ne yapmam gerektiğini söylerdi. 'Karaduttaki yaban arısı kovanını sopayla dür-

The next morning when I arose, I found my grand-mother sitting at the breakfast table waiting for me.

She was sitting wearing a deep blue silk dressing gown with wide sleeves and purple and yellow parrot designs. Her hair was loose but combed back off her forehead. It was the first time I had ever seen her like that and she reminded me of a young woman.

"Now come on, let's see," she said. "Yesterday you didn't eat anything. We can't have that! This morning you're going to finish your egg, let's see... In little mouthfuls. You know how we do it..."

And while I ate my breakfast, neither of us spoke.

And every so often, from the roses over the arbour, we heard the singing of a warbler.

The villa was silent, as if there were no one around.

It was as if I was sitting opposite a different woman from my grandmother.

And when I finished the last slice of butter, my grand-mother collected her loose, swaying body, and sweeping her hand over the piles of geraniums in the flowerbeds behind her, brought her hand to her nose, sniffed, and took in a deep breath.

"Good," she said. "Do you see? Well done. It'll do you good. If you had any idea of how much things cost, you'd eat everything put in front of you. Now, what are you going to do today? Tell me."

tüp düşüreceğim' derken, bunu korkusuzca söyleyebilmiş olmaktan ötürü de kıpırtısız kalakalmıştım. Davranışımın yakışıksızlığını sözüm biter bitmez düşünmüş, azarlanmaya hazır, başımı eğmiş ellerime bakıyordum.

Babaannem yeniden ıtırın yapraklarına değerek, bana gerçek bir gülümseme sunmuştu. Sağ yanağında gamzesi vardı. O gün onu ilk kez hem sabahlıklı, hem saçı çözük, hem de gamzesiyle görüyordum.

'Biliyorum, şaka ediyorsun' dedi. 'Fakat böylesi tuhaflıkları yaramazlara bırak. Seni Teslime Hanım'la Kadıköy çarşısına alışverişe göndereceğim. Nasıl? Hoşuna gitti değil mi? Havuz yakalını, mavi çizgili soketlerini, sandaletlerini giydirsinler. Kadının elini sakın bırakma. Hatta sana Cemilzade'den bergamut şekeri de alabileceğini söyledim. Fazlaca oyalanmayın. Köşkte çok işimiz vardır. Önümüzdeki günlerde pek kıymetli, mühim misafirler ağırlayacağız... Teslime Hanım da sanırım hazırlanmıştır. Tramvay uygundur yolunuz için. Bilirim treni daha çok sevmektesin.'

Teslime Hanım hem aşçı, hem mutfak yöneticisiydi. Kısa boylu, tıknaz, soluması duyulan bir kadındı. Öyle titizdi ki, elleri yıkanmaktan kâğıt gibi kurumuş, yüzünün kılcal damarları sabunlanmaktan cildinin altında tel tel belirmişti.

I turned red from excitement. She didn't ask questions, I just had to recount what I was going to do. "I'm going to poke at that bee's nest in the mulberry tree and make it fall down." Having been able to say that without fear left me motionless. Then, the moment it was out of my mouth, I realized it hadn't been the right thing to say and I bowed my head and looked down at my hands, ready to be told off.

Once again, my grandmother touched the leaves of the wild geraniums and gave me a real smile. There was a dimple in her right cheek. That morning, not only was it the first time I had seen her in her dressing gown and with her hair down; it was the first time I saw that dimple.

"I know you're pulling my leg," she said. "But you shouldn't make these kind of jokes. I'm going to send you with Teslime Hanım to the bazaar in Kadıköy to do some shopping. Yes? You'd like that, wouldn't you? Now get them to dress you up in your loose-necked dress, blue striped socks and your sandals. And mind you keep hold of her hand. I've told her that she can buy you some bergamot sweets from Cemilzade. Now don't hang about. We've got a lot of work to do here at the villa. The days ahead of us are valuable. We're entertaining some important guests. Teslime Hanım will be ready by now. And the tram will be the best way to get there, even if I know how you love the train."

Kadıköy çarşısı o yıllar bayram yeriydi.

Yine de öyledir ama, o zamanlar bambaşkaydı. Park gibi sulanmış, yağmur yemiş kır gibi kokuluydu. Cemilzade'den bergamutları aldık. Kutusunu özenle sardılar, onu ben taşıdım.

Açık tramvaya bindik.

Kıyıya Teslime Hanım oturdu, elinde baharat paketleri vardı. Ismarlananlar ertesi gün köşke getirildi. Çıraklar, toprak sarısı, uzun önlükler giyerlerdi. Paketleri, şişeleri, sebze, meyve sandıklarını hızla taşırlardı köşke.

Erenköy'de indiğimizde yanımızdan geçen bir arabayı babamınki sanıp elinden kurtulmuştum Teslime Hanım'ın. 'Çocuğum gel buraya' diye seslenmişti. 'Ne babası efendim, niçin böyle alıştırıyorlar? Günahtır. Allahtan da mı korkmuyorlar? Yavrucuğum gel buraya… Beni yorma bacaklarım ağrıyor.'

O günden sonra her şey birden sarsılarak yerlerini değiştirdi diyebilirim.

Yıllarca düşündüm.

Sonradan açıkça anladım.

Evet, aynen öyle oldu.

Katlar karışmış, köşkün önü arkasına dönmüş, denizi yeşilliklerle birlikte kucağında taşıyan orta balkon, budanan sarmaşıklardan,

Teslime Hanım was both the cook and in charge of the kitchen. She was a short, plump woman who breathed heavily. And she was so fastidious that her hands were dry as paper and the capillaries in her cheeks stood out because of all the soaping and washing.

In those days the bazaar in Kadıköy was like a festival.

In a way, it still is; but in those days it was something else. It had this smell like the countryside after the rains, like the newly-watered park. We bought the bergamot sweets from Cemilzade. They wrapped the box up carefully and I carried it.

We got onto the tram to go home.

Teslime Hanım sat in the corner with a parcel of spices in her hand.

The following day, the things we ordered were delivered to the villa. The helpers wore long aprons the colour of yellow earth. And the parcels, the bottles, the vegetables and the fruit were quickly taken into the villa.

When we got off the tram at Erenköy, I thought I saw my father's car passing and I escaped from the clasp of Teslime Hanım's hand. "Come here, my child," she shouted. "What father? How on earth do they think they are bringing you up!? It's a sin. Don't they have the fear of God in them?! Come here, my child. Don't tire me out. My legs are hurting."

çiçeklerinden ötürü demir korkuluklarına kavuşmuş, sonunda sadece balkon olmuştu.

O gece beni üç eşikle çıkılan ilk kattaki, yerleri enlemesine geniş, boydan kısa, meşe parkeli salona açılan odalardan birine yatırdılar.

Eşyalarım önceden taşınmıştı.

Karyolam, iskemlem yine pencerenin önündeydi, ama pencereler iki taneydi. Perdeler krem rengi ipektendi. Güneşlikler biraz solmuştu. Fazladan bir de konsol vardı. Konsol mermerinin üstünde bej derisi aşınmış, üç dört albüm duruyordu.

Konuklar akşamın geceye kavuştuğu saatlerde geldiğinde, köşkün temizliği ancak bitmişti.

Babaannem neredeyse ağaçların, yaprakların, çiçeklerin tozunu da aldırtacaktı.

Teslime Hanım günlerce alafranga yemek yapmanın daha kolay olduğunu açıklayıp durmuştu.

Eski yatak odama çıkmama göz yumulmadığını, bir kez merdivenlere yöneldiğimde, babaannemin ardımdan yetişen sesiyle anlamıştım.

'Nereye çocuk? Oralar ancak temizlendi. Senin eşyaların ise aşağıdadır. Haydi!'

İndimdi.

And after that day, I can say that everything suddenly changed.

I've thought about it for years.

But only later I clearly understood.

Yes, that's just how it was.

The villa was turned inside out. On the middle balcony – the one which looked out onto the sea and the green – the ivy and the flowers which climbed up the iron grill were all cut back so that nothing was left except a bare balcony.

That night they made me sleep in one of the rooms three steps up on the first floor – the low, wide one with oak parquet which opened onto the salon

They had already moved my things in there.

My bed and stool were once again in front of the window, but now there were two windows. The curtains were a cream-coloured silk and the blinds a little faded. There was also a console. And above the marble of the console, in worn beige leather, were three or four photograph albums.

When the guests arrived at night time, they had only just finished cleaning the villa.

As usual, my grandmother would have had the trees, the bushes and the flowers dusted if she could.

Bahçeye koşup, karadutun üç çatala ayrılan kalın gövdesinde yapışık arı kovanına baktımdı.

Ağlamak istemiyordum ya, ağlamaya başladımdı.

Güllü kameriyeye gittimdi.

Öteki çiçeklerle birlikte gülleri de budamışlardı.

Kameriyenin örtüklüğü kalmamıştı.

Kullanıldığını görmediğim küçük demir kapıya doğru attımdı kendimi. Belli ki temizlikte bir orası unutulmuştu. Ballıbabalar, pisi pisiler, yaban otları, yüksük otları boyumu aşıyordu.

Yüzükoyun yatıp rahatça ağladımdı.

Akşam olduğunu yine konuk hanımefendilerin, 'Müsaadenizi isteyelim. 7.30 banliyösü istasyondan ayrıldı.' diye konuştuklarını duyunca anladım. Biri, 'Büyükhanımefendiciğim, bu haberiniz bizi nasıl mesut etti' diyordu. Bir başkası ise -Mahsultan Hanımefendi olmalıydı, konuşurken sesinde gülücükler uçuşurdu- 'evet en doğrusuydu.' diyordu, 'sizi hep takdir etmişizdir. İleriyi, hakikatleri daima önceden görürsünüz efendim. Ne zaman burada olacaklar?' 'Az kaldı.' 'Nikah ve düğünden sonra hemen mi hareket edecekler Avrupa'ya?' Babaannemin 'Öyle icap ediyor. Tayinleri çıktı'

For days Teslime Hanım had been going on about how much easier it was to prepare European food.

I was anxious to see my old room and I started to climb the stairs, but then I heard my grandmother's voice behind me.

"Where are you going? It's only just been cleaned. And your things are all downstairs. Come on."

So I went downstairs.

I ran into the garden, and looked at the bee's nest which was lodged in a fork of the mulberry.

I didn't want to cry, but I started to sob.

I went to the arbour covered with roses.

Like all the other flowers, the roses too had been pruned.

And the arbour was no longer covered.

I walked towards the small iron door that lay out of sight. That at least would have been forgotten in the clean-up operation. The dead nettles, the wild barleys and grasses were as tall as me.

I lay face down and sobbed my heart out.

And that evening, when I heard the guests saying, "We must take our leave, the 7:30 train has already left the station," I understood. One of them said, "This news of yours has made us most pleased." Another of them (who, to judge form the way she giggled as she spoke,

deyişindeki rahatlığı duyuyordum. Sonra seslerini indirmişlerdi. Ancak dikkatsizlik sonucu açıkta savrulan sözcükler bana kadar ulaşabilmişti.

'Siz ötekine Allah için aşırı derece cömert davrandınız. Mecburiyetiniz mi vardı? Hepimiz biliriz ki...'

Uğurlama sona erince, hizmetçilerin ortalığı toplama gürültüleri başlamıştı.

Ancak akşam yemeğinde beni aradılar.

Bulduklarında ateşböceklerini avcuma dizmeye çalışıyordum.

Babaannemin karşısına götürdüler.

O beni baştan aşağı süzdü.

'Nedir, yüzün gözün toprak içinde. Elbisense mahvolmuş. Her yerin çimen yeşili. Alınız Besime Kalfa, hamam yaptırınız. Sonra mutfakta yemeğini veriniz,' demişti.

Konuklar geldiğinde bahçe ışıklarla donatılmıştı.

Üç kişiydiler.

Bembeyaz tayyörlü genç bir kız, lacivert ipek döpiyesli orta yaşa yakın bir kadın, onların hizmetkârları olduğu belli olan, bej rengi yazlık bir pardesü giymiş genç bir kız. En arkada da sokakta duran bir otomobilden bavullar indiren

had to be Mahsultan Hanım) was saying, "It was the right thing to do. We've always appreciated you. You always see the truth and the future beforehand. When will they be here?" "Shortly." "And will they go off to Europe straight after the wedding?" I could feel the relief in my grandmother's voice as she said, "They'll have to. The appointments have been published." And then they lowered their voices. But from a moment of carelessness, I caught their last words.

"You've behaved with the utmost generosity towards the other one. Were you obliged to do so? We all know..."

Their farewells came to an end and the servants set about clearing everything up.

They only came to look for me when supper was ready.

I was lining up fireflies in the palm of my hand.

They took me to my grandmother.

She looked at me from top to toe.

"What's all this? You've got mud all over your face and in your eyes. Your clothes are ruined. They've got grass stains all over them. Nurse Besime, take her away and give her a bath. And then she can eat in the kitchen."

When the guests arrived, the lights in the garden were turned on.

mintanlı, kravatsız bir genç adam.

Babaannem onları ilk giriş kapısına kadar giderek karşılamıştı. Genç kızla, orta yaşlı kadınla öpüşmüştüler.

Hizmetçi olan pardesülü genç kız elleri iki yanında bekliyordu.

Ben babamı gözlediğim yere gizlenmiştim.

Babam onlar köşkteyken hiç görünmedi.

O iki haftayı ben, ya kullanılmayan küçük demir bahçe kapısının dibinde yaban otları arasında, ya yemek için oturduğum mutfak masasının başında, ya da 7.30 banliyösünün sesini duyar duymaz koşup beklediğim köşede geçirdim.

Bir gün, konuk genç kız, üstünde leylak moru margizetten elbisesiyle güzel yüzüne yakışan geniş kenarlı yazlık şapkasıyla, koltuğunun altına sıkıştırdığı kitabıyla bahçeyi dolaşırken, beni karadut ağacının altında görüvermişti. Yanıma yaklaşmıştı. İnce gövdeli uzun boyluydu. Burnu büyükçeydi. Sarı saçları dolgun lülelerle salınmıştı omuzlarına.

'Ne yapıyorsun bakayım, küçük?' demişti. 'Ne kadar narinsin. Yüzün mine çiçekleri gibi ufacık, fakat doğrusu pek de hoş. Daha önce sana acaba rastladım mı?.. Birlikte yürüyelim ister miydin?.. Ama sakın benden çekinme…

There were three of them.

There was a young girl, in a white suit, a woman nearing middle-age and dressed in a navy blue silk two-piece and a young girl who was very obviously their servant, dressed in a beige summer jacket. Behind them, in the road, a young man dressed in shirtsleeves was unloading their suitcases from the car.

My grandmother went to meet them at the gate.

She kissed the young girl and the woman.

The servant girl stood by with her hands at her side.

I had hidden myself away where I could keep an eye on my father.

For the whole time the visitors were at the villa, my father kept himself out of sight.

For those two weeks I was either among the wild grasses by the small, unused iron door, or I was sitting at the kitchen table eating, or, having heard the 7:30 train arriving, I had run to the corner to wait.

One day, wandering around the garden, the young guest set eyes on me underneath the mulberry tree. She was wearing a purple lilac marquisette dress and wide-brimmed sun-hat that set off her pretty features, and she had a book clutched under her arm. She came up to me. She was tall and slim with a rather large nose and curly blond hair that brushed her shoulders.

Sen kimin kızısın?'

Kaçmıştım yanından.

Otların içindeki kuytuluğuma dalıp yok olmuştum.

O gece beni yemek için bile aramayı akıl etmedilerdi.

Konuklar geldikten sonra babaannemle kurulan yakınlıkları, içtenlikle, sevgiyle dolu olmalıydı. Köşkün neresinde görünse çevresini sindiriveren babaannem değişmişti. Gözlerindeki pırıltı, gülüşünün sesi görülür, duyulur olmuştu. Genç kızla konuşurken, onun küçük yazlık giyimlerinin açıkta bıraktığı duru tenli, narin kollarını arada okşayıp, 'Yok efendim, tenkid etmeyiniz. Dilaramız zekidir...' diyerek, sevgi gösterilerinde bulunuyordu.

Ben bu konukluğun ortada yaşanan bölümlerini, kuş sesleri, ot hışırtıları, ağustosböceklerinin yazı baskınlaştıran ötmeleriyle çevrelenen korunağımın uzaklığından izledim.

Yüreğim çarpmıyor gibiydi.

O günlerde, dokunaklı bir şarkı bilmeyi ne de çok istemişimdir.

Giderlerken, babaannem de onlarla arabaya bindi.

Çerkez Kalfa Besime, 'Büyükhanımefendi

"What are you up to, little one? Let's see," she said. "You're so delicate. You're face is as small as verbena, but very sweet. Have I seen you before? Shall we walk around a bit? Don't be frightened of me... Whose daughter are you?"

I ran away.

And hid myself away among the grasses.

That night they didn't even think of looking for me for supper.

Ever since the guests arrived, my grandmother had been full of charm, sincerity and affection. My grandmother, who everyone in the villa had dreaded, changed. Her eyes sparkled, and the sound of her laughter was evident. Whenever she spoke with the girl, she would stroke her smooth and delicate arms exposed by her short summer dresses and say affectionately, "No, don't criticise. Our Dilara's clever."

I observed all this hospitality from the distance of my refuge, surrounded by the birdsong, the rustling of the grasses, the assault of the cicadas on the summer.

It was as if my heart no longer beat any more.

During those days, how I wished I had known a touching song.

And when they left, my grandmother got into their car with them.

gara kadar uğurlayacak' diye açıkladı.

Ağustos sonuydu.

Babam bir gün trenle değil, arabasıyla geldi.

Bahçeyi hızla geçti, solgundu.

Babaannemle orta kata çıktılar, uzun uzun oturdular.

Ben aşağıda, mermer bölümün orada bekledim.

Çerkez Kalfa Besime köşke girip çıkarken hep bana baktı.

Sonra gün batarken yaklaştı, 'Kırlangıçlar da göç ediyor galiba,' dedi beni kucaklayarak, artık epeydir yemek yediğim mutfaktaki yerime götürdü.

Yemeğimi bitirir bitirmez, yeniden bahçenin dibine kaçtımdı.

Yaz akşamları aydınlıktır.

Beklemedimdi.

Onlar ikisi de birbirlerine bakmadan indilerdi.

Karşılıklı oturdulardı masaya, sonra konuşmaya başladılardı.

Ben özlemle yalnız babama bakıyordum. Değişmiş görünüyordu.

Birden, 'Peki anneciğim' dedi, 'Siz de beni

It was Nurse Besime who told me that she had gone to the station with them to see them off.

It was the end of August.

One day my father came back by car rather than by train.

He passed quickly through the garden. He looked pale.

He went up to the middle floor with my grandmother and they sat there for a long time.

I waited downstairs in the marble part of the house.

And whenever Nurse Besime came in or out, she would look at me.

Only towards sundown did she approach me. She hugged me and said, "The swallows are going on their way." And as I was used to by now, she took me to the kitchen for my dinner.

And as soon as I finished my supper, I ran off into the garden.

Summer evenings were bright.

I waited.

The two of them came down without looking.

They sat down facing one another at the table and started to talk.

biraz anlayınız.

Sanırım sokağa atacak değiliz... Afedersiniz... Zenginliğimizi aramızda konuşmamızın bile kaba olduğunu bana küçüklüğümde siz öğrettiniz.'

Babaannem birden ayağa kalkarak, 'Ne münasebet' diye babamın sözlerini kesmişti.

'Yeniden böyle... Bu türlü düşüncelerim olsaydı, ilkten yapabilirdim. Aileye de maddi destekte bulunuldu o seneler... Küçüğün hayatı için en uygun olan yapılacaktır. Lütfen hemen yerine otur, yemek yediğimizi de unutma. Bu konuşmalar fazladır artık. Kararlar alındı. Katiyyen geri dönülmeyecektir.'

'Siz oturun anneciğim' demişti babam, 'Ayakta olan sizsiniz'

Yatağıma girdiğimde seslerin kesilmesini beklemiştim.

Yüreğim şakaklarımda atıyordu.

Oda kapıları kapandı, ortada hiç kimse kalmadı.

Ayak uçlarıma basa basa babamın yatak odasına çıktımdı.

Ay ışığı yarı açık perdelerin arasından inerek odayı aydınlatıyordu.

Ağlamamak için dudağımı ısırıyordum.

I looked only at my father, but longingly. He seemed changed.

Suddenly he said, "So, Mother, please try to understand me a little, too. We can't just throw her out into the street. When I was young, you told me not to talk about our wealth even between ourselves."

"Of course not!" My grandmother jumped to her feet and cut off my father's words:

"Nothing's changed... If I had such an intention, I would have done it at the beginning. We supported the family during those years... and we are going to do the best thing for your daughter. Sit down and get on with your dinner. That's enough of the matter. The decision's been taken. And we're not going to change our minds."

"You sit down, Mother," said my father. "You're the one standing up."

I went to bed and waited for the voices to silence.

The blood was racing in my temples.

The doors of the rooms were closed and no one was about.

I went out and tiptoed to my father's room.

From between the half-open curtains the moonlight shone into the room.

Karyolaya yaklaştığımda onu uyanık bulmuştum.

Sıçramıştı.

Tıpkı Ankara'da asansörde ceketini çektiğim günkü gibi.

'Ne o, sen misin?!

'Benim babacığım. Çok bekledim. Sen de geldin.'

Eğildi, beni yanına çekti.

'Ne o, yoksa ağlıyor muyuz? Hiç olur mu, hiç olur mu? Ağlamamalıyız. Ben sana o şarkımızı söyleyeyim mi? Hani duyar duymaz gülüverdiğimizi... Yahu unutmuşum... Fakat elbet hatırlayacağım, bekle...'

'Ben unutmadım ki baba. Söyleyeyim mi baba, ister misin baba?'

'Yok canım... Sahi mi? Nasıl? bravo, tabii söyleyebilirsin.'

Kısık bir sesle konuşuyorduk ikimiz de.

Kesinlikle ağlamamam gerektiğini iyice anlayıvermiştim.

Kuş tüyü yatağın içinde biraz toparlanarak dikildim.

Sesimin kısık ama yine de güzel çıkmasını istiyordum.

I moved closer to the bed and found my father awake.

He jumped.

Just like the day in the lift in Ankara when I pulled at his jacket.

"What's that? Is it you?"

"It's me, Daddy. I waited a long time. And you're back."

He bent down and pulled me towards him.

"What's all this? You're not crying, are you? You can't do that, you can't do that! We mustn't cry. Shall I sing you our song? The one that made us laugh when we heard it. Oh, no, I've forgotten it. But wait, it'll come to me..."

"I haven't forgotten it, Daddy. Shall I sing it? Do you want me to?"

"No, my little one, really? How does it go? Well done, of course you can sing it."

We spoke in whispers.

I knew I shouldn't cry.

Under the down quilt, I pulled myself together and sat upright.

I knew I couldn't make a lot of noise, but I still wanted to sing beautifully.

Ağzımı babamın kulağına yaklaştırdım.

'Paris'e git efendi
Aklın fikrin var ise
Âleme gelmiş olmaz
Gitmeyenler Paris'e'

Diye şarkıyı söyleyip bitirdim.

Köşk daha da sessizdi.

Babam susuyordu.

'Şimdi güleceğiz değil mi babacığım?'

Yanağını yanağıma dayamıştı.

'Gülelim kızım, evet gülelim.'

Yanakları ıslaktı. Sıcaktandı sanırım. Terlemişti.

Sonra onunla yorganı üstümüze çektik.

Konuşmadık.

Arada saçlarımı okşuyordu.

Gözlerimi açtığımda alt kattaki yatağımdaydım.

Gece yine mi rüyaydı derken, yastığımda onun hepsi ipekten olan, adının aile adının harfleri işli mendillerinden birini katlanıp,

I put my mouth to my father's ear:

> "Go to Paris,
>
> if you've half a mind.
>
> They have never lived,
>
> those who haven't tried."

The villa was still silent.

My father said nothing.

"Now we can smile, can't we, Daddy?"

He leant his cheek against mine.

"Let's be happy, my little girl. Yes, let's be happy."

His cheeks were damp. He must have been sweating in the heat.

Then we pulled the quilt over us.

We didn't speak.

And every now and then, he stroked my hair.

And when I opened my eyes I found that I was in my bed on the ground floor.

Just as I was wondering whether it was a dream, I found a folded silk handkerchief on my pillow with his initials embroidered on it.

After that, summers came and went.

But none of them were ever like that summer.

bırakılmış buldum.

Sonra aradan pek çok yaz geldi geçti...

Hiçbiri o yaza benzemedi.

Çünkü o, babamla benim sevda dolu yazı-mızdı.

O sıra bir babam vardı elbette...

Vardı...

Ayakkabılarıma, güzel üç yazlık giyim takımıma, havuz, bahriye, margaritli yakaları olanlara zamanla sığmadım. Evin çalışanları için gelip, en az üç dört gün kalan gündelikçi Madam Erakliya'nın diktiklerini giyer oldum.

Kışlar Şişli'de Şair Nigâr Sokağı'ndaki konak-ta geçiyordu.

Bana ayrılan odamda çarpıntılı kalkardım sabahları.

Postayı alırken yabancı pullu mektuplara, merdivenlerin bitimine dek bakabilmek için ne çok tökezlemişimdir.

Dizlerimdeki çürükler o yıllarda hiç eksilme-di.

Yüzümün çocukluğumdakinin aynı olduğu söylendi. Aynaya sık bakmazdım ki... Bacak-larımla omuzlarım çok güzelmiş ya, ufak tefek-liğimden ötürü göze çarpmıyormuşum.

Because that was the summer of love that I shared with my father.

Once I had a father.

Once…

With the passing of time, I grew out of my shoes and those three summer suits with their loose, navy and daisy collars. I was fitted out by Madam Erakliya who came to stay for three or four days to make clothes for the servants.

We would spend the winters at the villa in Şişli in Şair Nigâr Street.

And each morning I would awake with a start to find myself in that room.

I don't know how many times I stumbled trying to look at letters with foreign stamps until I had got to the top of the stairs to open them. I always had bruises on my knees in those days.

They said that I still had the same face as I had in my childhood. But I didn't look in the mirror very often. My legs and shoulders were beautiful, but as I was so small I didn't attract much attention.

I always did the things that were asked of me.

But as for myself, I didn't ask much of anyone.

And that was why it never occurred to me to say, 'no'.

Benden istenenleri daima yaptım.

Benimse pek isteğim olmadı.

O yüzden 'hayır' demenin gerekebileceğini düşünmedim.

Büyüdüm.

Köşkün dikişlerine artık ben koşuyordum. Genç kız olurken, zaten babamın benim babam olmadığını, bir şeker bayramının arife günü Çerkez Kalfa Besime; bayramın ilk günü elini öperken de babaannem söyledi.

İlkokuldan sonra beni Kız Sanat Okulu'na verdilerdi.

Pekâlâ biçki dikiş öğrendim.

Babamın babam olmadığına alıştım.

Babaannemin bunu söylediği gün gözlerinin bakışını, 'Biz arkandayız kızım, unutma.' deyişini, çocukluğumdaki her şeyi yeniden yeniden gözden geçirdim. Söyledikleri gibi, köşkler, konaklar, apartmanlar, arabalar sahibi; yüksek okumuş, o genç yakışıklı adamın benim gibi bir kızı olamazdı. Zamanla daha da doğru göründü bana bu. Büyükhanımefendi cömert, soylu yüreğinin sesini dinleyerek, bir öksüzü, bir kimsesizi koruyup büyütürken, çocuğun baba isteğine, arzusuna karşı koymamak için, hiç evlenmemiş pırlanta gibi oğluna 'baba' denme-

I grew up.

And became the seamstress in the villa. When I was a young girl, on the eve of a Şeker Bayramı, Nurse Besime told me that my father was not my real father. And the following day, as I was kissing my grandmother's hand, she said the same thing.

After primary school, I was sent to the Girls' School of Art.

I learned perfect cutting and sewing.

And I got used to the idea that my father wasn't my real father.

When my grandmother told me this, she had given me that look as if to say, "We're behind you, don't forget that, young girl," and I started to examine the things from my childhood over again. As they said, the villas, the mansions, the apartments, the owners of cars; and I understood I could never be the daughter of such a well-educated, handsome young man. With the passing of time, I became ever more convinced it was true. But couldn't she turn a blind eye to my calling her unmarried pearl of a son 'father'? Madam had such a generous, noble, heart, and sheltering this nobody, this orphan, she must have understood the wish of a child to have a father and allow her to follow her desires?

My wedding was held in the villa.

On the middle floor.

sine göz yummuş olamaz mıydı?

Düğünümü köşkte yaptık.

Orta katta.

Ne çok severdim orayı.

Yıllar sonra yeniden çıkmak kısmet olmuştu işte.

Oğulları için bana bakmaya gelenleri, orada karşılamıştık.

O gün saçlarımı sıkıca tarayıp ensemde topuzlamış, limon kolonyasıyla yanaklarımı, boynumu ıslatmıştım. Üstümde margizetten bir elbise vardı, beşgen yakalı, parçalı kloş. Kendim dikmiştim. Büyükhanımefendi'nin işleri çok olduğundan köşkte bulunamamıştı.

Görücülerle Çerkez Kalfa Besime her şeyi konuştuydu.

Beğenildim.

Bir de 'Gençler birbirlerini görsünler,' dendi.

Aman bilsen babanın nasıl da bembeyazdı elbiseleri. Ayakkabıları da öyle. Denizaltıcı. Boyu boyuma göre uzun, çenesi güzel bir adam. Denizgediklisi.

'Olur efendim,' dedim. Ne diyecektim ki...

Evlendik.

Üsküdar Doğancılar'da ara sokaklardan

Which I loved.

Years later, I was fated to go up there again.

It was there that we met the woman who came to see me as a prospective bride for their son.

On that day, my hair was combed tightly and made into a bun on the back of my neck. I put lemon cologne on my cheeks and wet my neck. I wore my marquisette dress, a pentagonal collar and a bell-shaped skirt, which I had sewn myself.

That day Madam was out as she had things to do, so the women who were sent to inspect me as a prospective bride spoke with Nurse Besime.

They liked me.

And suggested I was introduced to the prospective bridegroom.

Ah, but if only you knew how white your father's uniform was! And his shoes, as well. He was a diver in the navy, taller than me, and with a handsome jaw.

I agreed to marry him. What else could I have said?

We got married.

They rented us a house in one of the streets in the Doğancılar district of Üsküdar. There was a marble fountain on the corner of the street and the house was surrounded by acacia trees. I was happy with it.

birinde, köşesi mermer çeşmeli, akasya ağaçlı bir ev tuttular bize, hoşlandım.

Vücudum kocamın vücuduna hiç alışamadı. İcap etmez, olsun diye düşündüm. Hatıralarımı yeniden canlandırmak, bir çocuk sahibi olabilmek için kötü bir evlilik sayılmazdı benimki. Makinenin başında kimse yokken bir yandan dikiş diker, bir yandan o şarkımızı söylerdim.

Gülerdim de biliyor musun?

Çocukluğum ne hoştu...

Ne kadar dalsam da dikerken, korkma hata yapmam. En titiz müşterilerimizin nervürleri bir milim sekmez. Kafamla ellerim alıştıklarını ayrı ayrı pek güzel şaşmadan yerine getirirler.

Belki de bunu doğduğumdan beri biliyordum.

Baban huysuz adamdı, ama nur içinde yatsın, beni dövmezdi.

Dikişe başladım.

Bayramların dışında Kozyatağı'ndaki köşke uğramadım.

'Uygunu böylesidir.' demişti Çerkez Kalfa Besime, 'Kızım sen de kendi hayatına alış e mi?'

Sonra beni ilk kez Büyükhanımefendi'nin bütün eski çalışanlarıyla birlikte kabul ederek

But my body could never get used to my husband's. I didn't think it was necessary anyway. Even it was only to relive my memories and have a child, my marriage couldn't have been counted as a bad one. When I was alone at the sewing machine, I would sing to myself as I sewed.

I even smiled, can you believe it?

My childhood was so lovely...

However much my mind wanders whilst I am sewing, I never make a mistake. Even in sewing the piping for our most fastidious customer, I wouldn't miss a millimetre. My hands are used to working independently from my brain without getting confused.

Maybe I knew this from the day I was born.

Your father was a bad tempered man, but let him lie in peace. He never hit me.

I started sewing.

But I never visited the villa at Kozyatağı again except in the Bayram holidays.

"It's better this way," Nurse Besime had said. "My girl, just get used to your own life."

Later, for the first time, that Şeker Bayramı, Madam allowed me to join her old employees to kiss her hand. I was pregnant with you then.

el öptürdüğü o şeker bayramı, sana gebeyim.

Köşkün satılacağını, kendisinin de oğlunun yanına gideceğini açıkladı bize.

Ben yine ağlamaya başlamaz mıyım?

Utanılacak şey...

Oğlu yani benim vaktiyle babam sandığım o genç adam dışarlardaydı. Elçi bile olacağı söyleniyordu.

'Kızım niçin ağlamaktasın?' diye dönüp bana sormuştu Büyükhanımefendi.

'Yanımıza aldığımızda da böyleydi, kundaklık zamanından beri... O hatırlamaz. Ama huyudur. Buralar epeydir bize göre olmaktan çıktı. Bir vakit dışarda olacağım. Yaz için Ada'da bir şeyler seçiliyor, beğenilen alınacak...'

O gün Güllü Köşk'ten çıkınca, Kozyatağı'nı, Erenköy'ü yaşlı gözlerle yürüdüm tren istasyonuna kadar. Vagonda oturup sessiz sessiz ağlayıp dururken, boşnak sarışını bir genç kadın bana yaklaşarak 'Hemşire' demişti, 'Başınız sağolsun. Biraz kolonya ister miydiniz? Üstümde taşırım da.'

Hat boyunu göz yaşlarımın buğusundan seçemiyordum.

Baban işi gereği çoğunluk dışarıdaydı.

Akşamları biraz içerdi.

Then they told us she was selling the villa and going to live with her son.

How could I not cry?

It was shameful.

Her son, the one I had once thought of as my father, was now abroad. I'd even heard it said he'd become an ambassador.

"My girl, why are you crying?" Madam said, turning to me.

"She was like this when we took her in. When she was nothing more than a bundle of rags... She won't remember. But it's in her character. These places are not for us anymore. I'm going abroad for a while. For the summer, we'll buy something in the island, somewhere nice..."

That day, when I left Rose Villa, I walked with tears in my eyes through Kozyatağı and Erenköy, to the train station. While I was sitting in the carriage, sobbing silently to myself, a young Bosnian woman with blonde hair came up to me. "Sister," she said. "I'm sorry. How about some cologne? I've got some on me."

I couldn't make out the train line for the tears in my eyes.

Your father was often away because of his job.

In the evenings he would drink a little.

Arada, 'Konuş kadın, konuşsana. Ruh gibi gezme' diyerek üstüme yürüdüğünde, gülümser, 'Peki ne konuşayım, ne söyleyeyim?' deyince öfkelenirdi. 'Hay allahım ne yapılır böylesine? Haydi kalk bari kavunu kes' diyerek içmeye başlardı.

Sana gebe kaldığımda onu öylesine seviyordum ki, yerli yersiz boynuna sarılıp sarılıp yanaklarından öptüm. Buna alışık değildi, beni iterdi. Haklıydı da...

Ben bayramdan bayrama elini öperdim onun.

Töredir, kocanın eli öpülür.

Doğurana kadar süren bu taşkınlığımı, kiminde dik dik bakarak, kiminde somurtarak karşıladı.

Sen doğdun canım.

Ben tekli kısırmışım, ebe söyledi.

Ne zordu doğum ooof...

Aman kim aldırır, geçti gitti.

Günlerim de hoştu sanırsam.

Dikişlerime dikkat ediyor; seni temiz, bakımlı tutmaya çalışıyordum.

Baban yok.

O da seni görmeyi beklemedi.

Büyükler niçin böyle yaparlar anlayamıyo-

Every now and again he would urge me to speak: "Speak woman, speak. Don't just wander around like a ghost."

"OK, what do you want me to talk about? What shall I say?" I replied smiling, and he flew into a rage. "What are we going to do with you? Get up and cut some melon for once." And he started to drink.

I was pregnant with you and I loved him so much I flung my arms round his neck and kissed his cheeks. We weren't used to this and he pushed me. And he was right...

At Bayrams I would kiss his hand.

It is the custom to kiss your husband's hand.

This excess of emotion lasted until I gave birth. Sometimes he would glare at me; at other times, he would return it with a sulk.

Then you were born, my love.

The midwife told me that I would only ever be able to have one child.

And how hard the birth was...

But who takes any notice? It passed.

If I think about it, my days were happy.

I took trouble over my sewing, and meanwhile, I tried to keep you clean and well cared for.

You don't have a father.

rum.

Hem çocuk sahibi olabilecek kadar onları severler, hem de terk ederler.

Ben seni yanımdan hiç ayırır mıyım, ayırmam.

Babanın gemisi battığında bana haber ancak üç gün sonra ulaştı.

Baba tarafından kimse gelip baş sağlığı dilemedi.

Birkaç yıl sonra da İzmir'e yerleştiler.

Benim sessizliğime, uysallığıma o ne sinsidir, acıdık, evi olsun, kocası olsun istedik. Oğlumuzu mutlu edemedi açıkçası.' dediklerini müşterilerimden biri anlatıvermişti.

Hiç ses çıkarmadım.

Konuşsunlar, konuşsunlar.

Sen benim çocuğumsun.

Babana üzüldüm elbette. Giyimlerine, çamaşırlarına aylarca el süremedim. İşte böyle, birileri çıkar, annen, baban, kocan öldü deyiverirler...

Neden bilmem, o kara haberi aldığım gün seni yıkadım, pakladım, bayramlıklarını giydirdim. Pencereye oturup Kız Kulesi'ne bakıp 'Hay Allahım, hay Allahım bana sabır ver' demekle yatışmaya çabalıyordum.

He never set eyes on you.

I don't understand why adults behave like this.

They love children enough to want to have them and then they abandon them.

But I would never leave you on your own. Never.

The news that your father's ship had been sunk reached me three days later.

No one from his side of the family came to offer me their condolences.

Some years later they settled in Izmir.

I heard from a customer how they commented on my silence, my easy nature: "She's so sly. We pitied her, we wanted her to have a home and a husband. To tell the truth, she didn't make our son happy."

I didn't say anything.

Let them talk.

You are my child.

Of course I was sorry for your father. For months I was unable to touch his clothes, his underwear. That's how it goes. Someone comes and tells you your mother, your father or your husband is dead.

I don't know why, but the day I received that terrible news, I washed you, cleaned you and dressed you in Bayram clothes. I sat by the window and looked out to

Göğsüm sıkışıyordu.

Epey ağladım, yetmedi. Sonunda seni alıp doğru Kozyatağı'na gittim.

İnsanların arasında olmak istedim.

Ne olursa olsun Büyükhanımefendi beni severdi. Küçükken daha ayağım yere değmezken, yanlarında koruyup büyütmüşlerdi.

Trenden inip yürüdüm.

Kollarımda sen serçe gibi hafiftin.

Köşkü bulamıyordum.

Yeniden yeniden aynı yollara giriyordum.

Acıdan, şaşkınlıktandır diyerek, sokağın ana caddeye açılan yönünden üç dört kez dolandım.

Köşeden çıkan bir atlı sucu bana bakarak 'Nereyi arıyorsun kızım' diye sorduğunda anlattım.

'Buralara epeydir gelmemişsin, belli' dedi. 'Bahçe kapısını da tanımadın mı? Henüz sökmediler. İçinde köşk yok artık, haklısın. Bahara doğru yıkım bitti. Bahçe duvarı kapatıyor boşluğu'

O gün eğer sen kucağımda olmasaydın ben inan vallahi billahi ölürdüm. Hem köşkün, hem babanın acı haberi, ikisi bir arada. Yürek acaba dayanır mıydı?

Maiden Tower, and asking God to give me patience, I tried to calm myself down.

My chest was tight.

I cried and cried, but it wasn't enough. In the end, I picked you up and went to Kozyatağı.

I wanted to be among people.

Whatever else, Madam loved me. They took me in even before I could walk and cherished me.

I walked to the station and boarded the train.

In my arms, you were as light as a sparrow.

But I couldn't find the villa.

I kept on going up and down the same roads.

Believing myself lost through pain and bewilderment, I passed three or four times along the street leading to the main road.

A water carrier on horseback turned the corner. He looked at me and asked me where I was looking for.

"You haven't been here for a while then. Didn't you recognize that garden door? They haven't knocked that down yet, but the villa has gone. You were right. It was sometime in spring they finished knocking it down. And now there's nothing left on the other side of that garden wall."

Güllü Köşk'ün ağaçtan oygulamalarla süslü pirinçten tokmaklı meşe bahçe kapısına yaslanıp durdum, dinlendim.

O zamanlar yine daha tenhaydı buralar. Şimdiki gibi dakika başı adam insan geçmezdi.

Demek orta kat balkonunu bile kıyıp yıkmışlardı. Hayret...

Bak geçtiğimiz sokak var ya, o sokaktı işte.

Girildiğinde nasıl da gül kokardı.

Gündelik dikişe çağıranların apartmanları şimdi bizim köşkün yerinde.

Göreceksin, bu bahçelere bahçe denmez. Fakat kendime sık sık 'esintisi de değişmemiştir ki...' diyorum.

Şimdi seninle üç gün kalacağız burada.

Bize sandık odasını açarlar.

Toparlamışlardır temizlemişlerdir. Meraklanma. Çünkü 'Önemli bir ailenin yetiştirmesidir. Hatta bir yandan kan bağı bile vardır' diye benim için yıllardır konuşulur.

Ben susarım.

Soramazlar da...

Yakışmaz ki...

Dikişler bitene kadar, 'Yemesini, oturup kalkmasını, tutumunu, sözünü bilen kadındır.' diye

If I hadn't had you in my arms that day, I'm sure I would have died. First the news of your father, and then the villa. Both at once. It was too much to bear.

I leant against the oak garden door with the brass knocker of the one-time Rose Villa. And there I rested, in mourning.

At that time it was less crowded. It wasn't as packed as it is today.

I couldn't believe that they'd even knocked down that middle floor balcony.

Look, you see that street we've just walked down. That was the street.

How it once smelt of roses as you passed along it.

Nowadays, some of the people who call me to do their daily sewing live in apartment blocks built on the land where the villa once stood.

As you will see, these gardens aren't even worthy of the name. But I often say to myself that at least the breeze hasn't changed.

You and I are going to stay three days here.

They're opening the storeroom for us.

Don't worry, they've collected their things together and cleaned it out, since they know I was brought up by an important family and that we are even distantly related.

ağırlamalarında da, sorularında da dikkatli-
dirler.

Ben sana daha neler neler anlatacağım.

Görüyor musun tam bu çıktığımız yerin
yanında pencereme yakın karadut ağacı vardı.
Dağınık taze dalları, yeni sürgün yaprakları,
lodoslarda eğilip eğilip camımı okşardı. Büyük-
hanımefendi, Küçükbey evlenip gittiği yıl,
'Bahçeyi kirletmektedir.' diye kestirmişti.

Küçükbey'in ipek mendilini hâlâ saklarım.

Hani şu yastığıma bırakılmış olanı.

Daima merak ettim, acaba onu oraya kim
koydu dersin?

Bunlar üçüncü katta oturuyorlar.

Niye öyle elimi çekiyorsun?

Ürkme...

Seni kıracak hiçbir şeye izin vermem.

Yanımıza sık uğramazlar.

Huyumu öğrenmişlerdir.

İşlerini yapmak beni hiç yormaz, yeter ki bize
çok yaklaşmaya yeltenmesinler.

Az kaldı bir tanem.

Babamın kızı olduğumu sandığım yazlardan
başlayarak kuşları, böcekleri, ağaçları, çiçekleri
bir de çocukları sevmeyi öğrendim.

I'll keep silent.

They won't ask.

It wouldn't be right.

Until I finish the sewing, they'll be tactful and show respect to me as they're aware that I am well brought up and know my manners.

There so much more that I've still got to tell you.

Can you see, right by that place we've just come out of, that's where the mulberry grew. It's fresh, spread branches, it's newly-opened leaves that would brush the windowpane whenever the southwest wind blew. Madam had it cut down the year her son got married. She said it was littering the garden.

I still keep the young sir's silk handkerchief stored away.

The one left on the pillow.

I often wonder who put it there.

These people live on the third floor.

Why are you tugging at my hand?

Don't be shy.

I wouldn't let them do anything to hurt you.

They can't come and call on us often.

They know what I'm like.

I never get tired out from working. Just as long as they don't try and get too close and interfere.

Sen yoruldun...
Gel kucağıma bir tanem...
Gel......

Just a bit more, my love.

With the onset of summer, when I thought I was my father's daughter, I learnt the birds, the insects, the trees, the flowers and childhood pleasures.

You're tired.

Come to my arms, love.

Come...

* *The muezzin's call to prayer*

A Summer Full of Love
is available in talking book format in
Turkish and in English

Other titles in this series of dual language
Turkish–English short story collections
and talking books:

Radical Niyazi Bey Muzaffer İzgü
Fourth Company Rıfat Ilgaz
Out of the Way! Socialism's Coming! Aziz Nesin
A Cup of Turkish Coffee Buket Uzuner

* * * * * * * * * *

Bu kitabın Türkçe ve İngilizce
kasetleri mevcuttur

Dizide bulunan diğer kitap ve kasetler:

Sevda Dolu Bir Yaz Füruzan
Dördüncü Bölük Rıfat Ilgaz
Sosyalizm Geliyor Savulun Aziz Nesin
Bir Fincan Kahve Buket Uzuner